猎点行动

晚风 著

广东省地图出版社
·广州·

图书在版编目（CIP）数据

猎点行动 / 晚风著. —广州：广东省地图出版社，2017.8（2017.11 重印）
ISBN 978-7-80721-682-7

Ⅰ．①猎… Ⅱ．①晚… Ⅲ．①长篇小说—中国—当代
Ⅳ．① I247.5

中国版本图书馆 CIP 数据核字（2017）第 182511 号

责任编辑：张超荣
责任校对：钟睿祺
封面设计：罗盘工作室·古若琪

猎点行动
LIEDIAN XINGDONG

晚风 著

出 版 人	郭亚友			
出版发行	广东省地图出版社			
地 址	广州市环市东路 468 号	电 话	020-87768354（发行部）	
邮 编	510075		020-87768880（经营部）	
开 本	880 毫米 ×1230 毫米　1/32	印 刷	佛山市盈彩印刷有限公司	
印 张	6	字 数	130 千字	
版 次	2017 年 8 月第 1 版	印 次	2017 年 11 月第 2 次印刷	
书 号	ISBN 978-7-80721-682-7/I·9	定 价	38.00 元	

网　址　http://www.gdmappress.com　http://www.gdmappress.cn
本书如有印装质量问题，请与我社经营部联系调换。

版权（含信息网络传播权）所有　侵权必究

前　言

信息化时代，地理信息与国家安全的关联度越来越大，维护地理信息安全具有重大意义。随着卫星定位、遥感技术的快速发展，测绘技术与信息技术、网络技术高度融合，地理信息呈现高精度、易采集、易传输等特点。地理信息安全隐患日益突出，违法案件时有发生，时刻面对各种风险考验和重大挑战。

近年来，一些境外机构利用各种手段非法获取地理信息的事件时有发生，其中一些事件涉及国家秘密地理信息，对国家安全具有潜在的危害性。这些事件表明，在任何一个地方都随时可能发生非法获取和非法传输地理信息的现象，因为这样的事情简单到用一部智能手机就可以完成，它可以随时获取重要目标的地理位置坐标、影像以及属性信息，可以随时在地图上标注出来，可以随时通过移动互联网向世界上任何一个地方进行传输，手段多样、技术智能、行为隐蔽，导致地理信息安全形势十分严峻。

对于维护地理信息安全来说，既需要防范和打击违法行为，更需要社会公众都能自觉地遵法学法守法护法，人人都不做损害地理信息安全的事情，并能及时发现和制止非法获取、持有、提供、利用地理信息的活动。

人物关系表

丁得胜　M省地理信息管理局局长。

严　力　M省地理信息管理局保密办公室主任。

李　洁　M省地理信息院工作人员。

张　冲　M省地理信息管理局行政执法人员。

楚玉明　M省地理信息管理局行政执法人员。

关　胜　M省安保局局长。

武永智　M省安保局行政执法人员。

燕　青　M省安保局行政执法人员。

莱　克　T国国防部军事地理信息处处长。

卡　瑞　T国国防部军事地理信息处副处长,地理信息专家。

玛　丽　T国国防部军事地理信息处负责搜集他国地理信息的工作人员。

艾迪斯　T国国防部军事地理信息处负责搜集他国地理信息的工作人员。

里　尔　　T国国防部军事地理信息处负责搜集他国地理信息的工作人员。

阿诺德　　T国一所大学的教授,是研究地理文化的专家,为T国国防部军事地理信息处搜集他国地理信息。

李　贵　　M省地理信息院工作人员,非法向T国国防部军事地理信息处提供地理信息。

古　元　　M省人,协助阿诺德为T国国防部军事地理信息处搜集M省地理信息。

王玉普　　M省人,协助阿诺德为T国国防部军事地理信息处搜集M省地理信息。

吴前程　　M省人,为T国国防部军事地理信息处搜集M省地理信息。

小　胡　　T国国防部军事地理信息处专业技术人员。

小　丁　　M省人,被T国国防部军事地理信息处所利用。

小　周　　M省人,被T国国防部军事地理信息处所利用。

目 录

第一章 预谋猎点 /001

第二章 国之利器不可示于人 /009

第三章 伪装掩护下的"偷猎" /043

第四章 斩断躲在幕后的黑手 /075

第五章 被利用的网民 /109

第六章 专项行动 /133

第七章 网上诱惑 /151

第八章 猎点与反猎点都将继续 /177

第一章
预谋猎点

1

黎明前，天还是黑的，四周十分宁静，宽宽的马路上偶尔有车辆通过，路上没有行人。

这时，一道刺眼的光束划破夜空，一枚远程弹道导弹腾空而起，冲到漆黑的天上，飞向两千多千米以外的打击目标。

在两千多千米以外的一个地方，天已经蒙蒙亮，有一栋独立的两层楼房矗立在这里，这是一座很小的别墅式建筑。

小楼有几扇窗户。透过窗户，隐隐约约可以看到楼内摆放着一些桌椅和柜子，有张桌子上摆放着台式电脑。

此刻，从灰暗的远方飞来的一道光束，眨眼间钻进一扇窗户，轰的一声巨响，整个小楼随着这个巨大的响声摇晃了一下，从窗户里向外冒出一股烟尘。

从两千多千米以外飞来的远程弹道导弹，在这个房间里爆炸了，房间里散落着被炸碎的设备、物品、资料，地面上也散落着粉碎的窗户玻璃和一些弹片，墙壁上有许多爆炸后造成的斑点，坑坑洼洼的布满墙壁。但房间里并没有燃烧的痕迹，小楼也没有坍塌。

这是T国利用远程弹道导弹进行的一次精准打击，太厉害了！

2

在T国国防部部长宽大的办公室里，部长正在给莱克处长布置任务。

部长说："莱克先生，我国的各种导弹足以摧毁世界上任何一个目标，我们可以像穿针引线一样对目标实施针孔式的精准打击，但必须有被打击目标的地理信息做支持，否则，这些不可一世的精确武器也将成为无头苍蝇，平庸无为。只有将精确制导所需要的地理信息配置在导弹上，才能保证远程导弹按照我们的要求飞向攻击目标，确保准确地定点清除目标。现在将获取远程导弹进行精准打击所需要的地理信息的任务交给你，请你带领你的军事地理信息处，确保实现远程导弹对地理信息的需求。你有什么想法？"

导弹是当今战争的主要武器，它可以从几百、几千，甚至上万千米之外，按照事先设计好的航线，飞向要打击的目标，并且准确地命中目标。不仅如此，它还可以从预先选择的门窗钻进房间里，在房间里爆炸，炸毁想要摧毁的东西，太可怕了。

导弹如此精准地对目标实施打击，靠的是导弹上长着明亮的眼睛，而且是"千里眼"。

那么，导弹的"千里眼"是什么呢？它就是精确的地理信息。在导弹发射前，将事先获得的地理信息输入到导弹的导航系统里，一旦发射出去，导弹就按照这些导航地理信息的指引飞向目标。地理信息告诉导弹需要精准打击的目标在哪里，指引导弹飞行的方向，控制导弹前进的路线，引导导弹到达目标。

地理信息如同导弹的眼睛，没有地理信息，导弹就如同人没有眼睛一样。没有眼睛，怎能识别目标，怎样明确方向？所以，导弹的精准打击是离不开地理信息的。

远程导弹要进行精准打击，对地理信息的精确程度要求极高。因此，千方百计地收集被打击目标的精确地理信息就成为导弹实施精准打击极其重要的基础。

听了部长的要求，莱克说："尊敬的部长，我们将尽最大努力实现远程导弹对地理信息的需求。"

— 3 —

在一栋办公大楼的一间上千平方米的办公室里，有两百多人在自己的岗位上忙碌着。他们坐在椅子上，面对着摆放在眼前的电脑，屏幕上显示的是卫星拍摄下来的影像。每个人都戴着处理卫星影像的专用眼镜，双手操作着仪器，将这些卫星影像转化为地图或者数据。这是 T 国国防部军事地理信息处的一间办公室，这些工作人员正在通过卫星影像获取地理信息。

T 国国防部军事地理信息处是一个庞大的机构，有一支几千

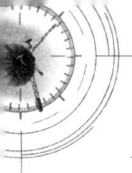

人的队伍，这些人员以获取地理信息的专业技术人员为主，同时也有一些情报专家。它的主要任务是统筹地理信息资源，建立地理信息数据库，保证及时准确地向军事决策者和行动部门提供战略、战术地理信息支援，满足最高决策层对地理信息的需要。

自从卫星影像问世以来，遥感卫星提供的数字化遥感图像，具有获取地理信息范围大、信息多、速度快的优势。

卫星能拍摄什么？分辨率高的卫星影像可以看到地面上的任何物体，甚至可以看见地面上士兵手中的枪。地面上的房屋、公路、铁路、桥梁尽收眼底，机场、兵营、部队清晰可见，汽车、坦克、舰船也逃不脱卫星的眼睛。

莱克是军事地理信息处处长，他带领军事地理信息处接收和处理军用卫星获取的影像。他们首先选定一些重点国家，然后采用专业技术手段，根据地物在卫星影像上呈现出的不同的色调、大小、形状、纹理、图形、阴影等获得地面建筑物、构筑物以及其他地面附着物体的形状、大小以及物体的相互之间位置关系，判别地物的属性等。

卫星影像在获取军用地理信息方面固然发挥了巨大的作用，但是，许多地理信息是无法从卫星影像上解读出来的，如那些建筑物的地址和名称，那些地面设施准确的性质以及用途，那些重要目标位置的准确地理坐标等。也就是说，如果没有其他资料和手段的配合，仅靠卫星影像是不能绘制出完整的军用地图的，也难以满足远程导弹进行精准打击对地理信息的需求。

4

这些不能从卫星影像上得到的地理信息必须通过其他方法获得，莱克将这个任务交给军事地理信息处副处长卡瑞负责。

卡瑞，军事地理信息处副处长，莱克的得力助手，是一个地理信息方面的专家。卡瑞组织一批人员，从各种公开地图、文本资料等多种渠道收集到大量无法从卫星影像上得到的地理信息，对绘制军用地图起到重要作用。但是，光靠这些方法获得地理信息仍然无法满足需要，他们还必须采取更加有效的方法。

一天，莱克将卡瑞叫到自己办公室，说："卡瑞，那些被列为精准打击目标的地理信息，大多数是不公开的。目前我们获得的主要是公开的地理信息，不能满足军事需要。这主要体现以下几个方面：一是我们所关注的军事设施等重要目标，尽管通过卫星影像有初步判断，但是不能得到准确的确认，还有很多无法从卫星影像上判断出来；二是从卫星影像上判断出来的军事设施等重要目标不能准确地获得它们的属性信息；三是军事设施等重要目标的准确地理坐标信息还不能从卫星影像获得。而上述这些信息都是远程导弹进行精准打击所必需的。"

对于莱克所说的问题，卡瑞心知肚明。地面高价值的目标一般都会采取一定程度的伪装，太空中的卫星实际上不可能搞清楚哪些地方需要仔细看，哪些地方不需要仔细看。卫星分辨率确实高，但却不能用来看整个地球，只能有重点地看。不然的话，不知道什么时候才能看完地球的每一个角落。尽管卫星影像上甚至可以看清楚

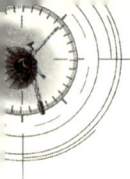

地面上战士手中的钢枪,但是从卫星影像上判断出来的军事设施等重要目标都难以最终确定。

卡瑞也知道,在卫星影像中呈现的军事设施等重要目标的基本长、宽、相对距离这些基本几何信息在军事上有一定意义,那些从卫星影像上看不出来的建筑高度、结构性质、主要用途、地址地名及与周围目标的相互关系等信息在军事上才有更大的价值,但是无法从卫星影像上获得。

卡瑞还知道,从理论上讲,通过已知位置信息,用几何方法计算目标位置,就可以推测目标的位置信息,这个事情做起来其实不难,相关专业的大学生就能干。然而,卫星拍摄影像时,因为地球是椭圆形的,且表面不规则,再加上大气折射、倾斜照相、镜头及相机等因素的影响,使获得的影像存在一定误差。在具有误差的卫星影像基础上,推算出来的数据也是有误差的,难以保障远程导弹实施精准打击。

卫星提供的影像仅仅是图片或视频而已,无论卫星的"眼睛"多好使,它也不能亲自从天上下来,弄清楚地面的全部信息。很多军方感兴趣的信息,仅靠从天上看是掌握不了的。

听到莱克讲述的问题,卡瑞略加思索,回答说:"是的,目前我们掌握的地理信息无法满足远程导弹进行精准打击的需要。但是,我们所缺少的那些信息都是不公开的,只有采取特别行动才有可能得到。"

莱克说:"这件事情你去想办法。"

卡瑞说:"我认真地思考过这些问题,我认为,高分辨率卫星影像制成的地图如果没有经过地面测量的精确校正,就不能满足远程导弹进行精准打击的要求。只有从地面上先搞清哪些目标是真正有价值的,通过地面勘测校正和完善地理信息数据,才能保证实现远程导弹进行精准打击、定点清除目标。通过天地相结合的方法,才能给远程导弹安装上'千里眼'。"

5

莱克来到部长办公室,向国防部长报告为了全面和准确地获取地理信息而准备采取的措施及有关情况,他说:"从现在的技术水平来看,从卫星影像上获得的地理信息,还不能满足远程导弹实施精准打击的需要,还需要地面上实地进行地理信息采集作为补充。我们考虑采用卫星影像与地面获取相结合的手段,完成收集军事地理信息的任务。"

国防部长对莱克的意见表示同意,他说:"我同意你所说的意见。不过,到其他国家进行实地采集地理信息,是很危险的事情,你们必须进行周密策划,采取隐蔽措施,不要让对方发现我们的意图。一旦被对方发现采集地理信息数据的人,要有合理的解释,要让对方认为他们所做的事情是个人的行为,不要与间谍案件扯在一起,否则将会对国家外交产生不利影响,使我国在国际上处于不利的地位。"

莱克说:"我们会采取一些恰当的方法来实施这件事情,绝不会将军方和情报机构扯进来,这一点可以请部长放心。"

部长说:"对于地面收集地理信息,你们要分清主次,理顺

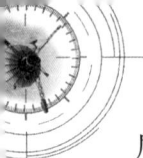

层次。首先,要关注远程导弹部队及军事设施,因为那些是威胁我们的主要军事力量,我们获取了这些准确的地理信息数据,就可以随时摧毁这些部队和设施,在他们还来不及向我们发射远程导弹的时候,我们已经给他们以毁灭性的打击。其次,要关注国家首脑中枢。第三,要关注国家战略资源。第四,要关注重要的民用设施。第五,要关注其他各种军事力量和军事目标。当然,还有其他许多重要地理信息数据也需要关注。"

莱克说:"好的,我们尽最大努力。"

对于地面实地收集他国地理信息的行动,莱克将其命名为"猎点行动",目标就是获取他国一些对于安全具有重要意义、属于秘密的地理信息。

第二章
国之利器不可示于人

1

一架大型客机降落在 M 省国际机场，一位美丽的女人，随着人流走下飞机。但见这个女人大约三十岁，金发碧眼，风姿绰约，从头看到脚，处处彰显风韵。

在机场出口处，一个二十六七岁的男人站在那里，举着一个写有"玛丽"的牌子。

刚刚走下飞机的这个漂亮女人，看到写有自己名字的牌子，走到跟前用外语问道："你好，你是李贵先生吗？"

举牌子的男人见到眼前这个外国女人，已被她的美貌迷住，不免心旌摇动，两只眼睛直勾勾地盯着那张美丽的面孔，声音发颤地说："是的，你是玛丽女士吗？"

"是的，谢谢你来机场接我。"

"不客气，我们走吧！"

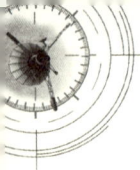

玛丽跟着李贵走出机场大厅,来到停车场。李贵找到开来的汽车,打开后备厢,将玛丽的行李箱放到里面,关上后备厢盖,然后示意玛丽坐到副驾驶位置,自己坐到驾驶位置,驾驶汽车走上机场高速公路。

半小时后,他们来到李贵预定好的国际酒店,用玛丽的护照登记了房间。

李贵将玛丽送到房间,对她讲了用餐的地点、时间和方式,然后问道:"你看还有什么需要我帮忙的?"

玛丽莞尔一笑,回答说:"谢谢你,这是我第一次来M省旅游,对这里的情况很不熟悉,你是否有时间带我到那些著名景点看一看?"

要陪一个如花似玉的美女旅游,李贵心里很高兴,就立刻答应了玛丽的请求,回答说:"好吧,我明天就来接你,开车带你到各处景点看一看。"

玛丽说:"我不了解你们这里的情况,没有什么时间概念,什么时间出去由你来定。"

李贵微微一笑,说:"明天上午八点我来接你。"

玛丽答应说:"好的。"

李贵看了一下手表,说:"今天已经很晚了,你也累了,还要倒时差,我就不打搅了,你先休息吧,明天我再联系你,再见。"

玛丽回复道:"好的,再见。"

见李贵已走,玛丽迅速打电话,将安全到达M省的消息报告给卡瑞。

2

为了弥补卫星影像获取地理信息的不足和校正从卫星影像上判读重要目标的准确性,军事地理信息处首先考虑的是收集已有的地理信息。

卡瑞是猎点行动的军师,他既是猎点行动的重要组织者,也是主要出谋划策的人物。莱克责成卡瑞负责 M 省的猎点行动。

卡瑞接受任务后,就煞费苦心地思考着从哪里下手。他深知,经过多年的测绘工作,M 省已经拥有基本覆盖整个地区的地理信息。

他想:如果能够将 M 省已经拥有的这些地理信息弄到手,不仅可以缩短获取地理信息的时间,使猎点行动快速地取得成果,而且可以大大降低获取地理信息的成本。

但是,卡瑞也深知很多地理信息是保密的,特别是猎点行动所需要的地理信息,其保密程度应当更高,只不过各个国家的保密措施有所不同而已。

对于 M 省地理信息的保密措施,卡瑞并不知道,他首先考虑能否用购买地理信息的方法了解 M 省的地理信息是如何保密的,看看是否有空可钻、有机可乘。如果可以采取购买的方法得到更好,如果购买得不到,也可以摸清有关情况,正所谓"知彼知己,百战不殆",毕竟这样的尝试成本很低,即使有百分之一的希望,他也想试一下,他要让猎点行动从这里起步。

卡瑞先从互联网上下载一张小比例尺的 M 省公开地图,他反

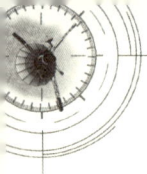

复端详着地图,思考着怎样下手。他想:可以派人到 M 省地理信息提供机构,购买一部分不太敏感、不易引起怀疑的地理信息。思来想去,他想出来一个办法,就是以 T 国驻 M 省办事处的名义,去 M 省地理信息提供机构购买部分载有详细地理信息的较大比例尺的地形图。

卡瑞将思考的策略向莱克进行了报告,他对莱克说:"根据我们掌握的情况,M 省有一个地理信息提供机构,在那里保存着 M 省全部的地理信息。"

莱克看着卡瑞,问道:"那又怎样?"

卡瑞说:"我考虑,我们的猎点行动就从这里起步,想办法将我们所需要的地理信息从这里搞到手。"

莱克又问:"怎么才能搞到手?"

卡瑞说:"我们先采取购买的方法,这个方法最快速、成本最低,但是有一定的难度,可能性较小,如果能够买到,我们便可达到目的;如果不能买到,我们也没有什么损失,并能以此摸一摸对方情况。"

莱克说:"不妨一试。你计划派谁去实施这个计划?"

卡瑞回答说:"在我们军事地理信息处有一个从 M 省大学留学归来的年轻人,名字叫艾迪斯,他了解当地情况,会说当地语言,我考虑派他去实施这个计划。"

莱克表示同意,他说:"就按照你的方法'投石问路'吧。"

3

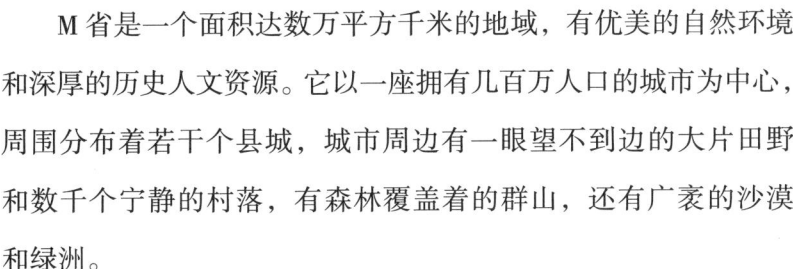

　　M省是一个面积达数万平方千米的地域，有优美的自然环境和深厚的历史人文资源。它以一座拥有几百万人口的城市为中心，周围分布着若干个县城，城市周边有一眼望不到边的大片田野和数千个宁静的村落，有森林覆盖着的群山，还有广袤的沙漠和绿洲。

　　在繁华的城市里，在一个闹中取静的地方，在绿树掩映之中，有一座大院。院子的四周被铁栅栏包围着，一根根三五厘米粗的钢筋与同样粗的两道横梁焊接在一起，每根钢筋顶端都被打磨出锋利的"尖"，尖朝上地伸出地面。每隔五米有一根立柱，立柱顶端安装着照明"灯球"。铁栅栏被刷上绿色油漆，上面爬满了绿萝，对整个院子形成一个绿色屏障。

　　在院子中，有两栋粉红色的大楼，一东一西地并排矗立着，两栋楼间隔有十多米。一栋大楼门口悬挂着M省地理信息管理局的牌子，这是一栋办公楼。另外一栋大楼门口悬挂着M省地理信息院的牌子，这是专门储存、保管和提供地理信息的地方。

　　院子有两个大门，由甬道与大楼门口连接在一起。院子门口和两栋大楼门口都有保安人员站岗，不允许没有合法证件的人员进入。

　　地理信息院一楼是服务大厅，来这里购买地理信息的人，只要来到楼下，就可以看到接待大厅的门口左侧悬挂着"地理信息服务大厅"的牌子。

走进大厅，门口左右两边各摆放着一套皮革沙发和木制茶几。这套沙发有一个三人长沙发和两个单人沙发，长沙发背靠大厅的窗户，单人沙发分别摆放在长沙发的两侧，茶几摆放在由沙发围起来的"凹"型中间。

地理信息提供柜台靠大厅内侧，设有四个窗口。在柜台后面的侧面墙壁上有一个铁门，从这里可以通往地理信息存放的库房。

当购买地理信息的客人走进大厅时，如果看到柜台前办理购买地理信息的客人较多，就可在沙发上坐等一下。购买地理信息者先将有关申请和审批手续文件交到地理信息提供工作人员手里，工作人员认真审核后，如果符合法定条件，就将申请材料和审批手续文件放到规定的保险柜里，客人履行交费等手续后，工作人员即刻从旁门走进地理信息库房，提取客人所需要的地理信息，然后回到大厅交给购买者，购买者就可以带着这些地理信息离开。

一天，M省地理信息院来了一个外国人，他是来购买地形图的。但见这个外国人，年纪大概30岁出头，白白的脸，鼻梁略高，小眼睛、黑眼球、浓眉毛，个子不高，体态稍胖，手里提着一个黑色的文件包。

他来到M省地理信息院所在院落的门口，正要走进大门，就被站岗的保安人员拦住，保安人员对他说："你要去哪里？请出示证件。"

保安人员对这个外国人说话的时候，心想：他能不能听懂我说的话呢？

然而，保安人员的话音刚落，这个外国人用流利的M省本地语言回答了保安人员的问话："我是T国驻M省办事处的工作人员，到这里来办事。"

说着，外国人从手提文件包中拿出一份T国驻M省办事处的介绍信，介绍信说他是到M省地理信息院购买地理信息的。保安人员让他在大院门口的传达室里履行登记手续，开具一次性出入凭证。然后，在一名保安人员的带领下，外国人来到地理信息服务大厅。

在服务大厅内，李洁负责接待前来寻求地理信息的顾客。保安人员将外国人带到李洁面前，对李洁说："李姐，这个外国人要购买地理信息，我给您带过来了。"说完，保安人员转身离开了服务大厅。

李洁，地理信息服务大厅负责人，40岁左右，看上去像20多岁的年轻姑娘，长得很漂亮，有高挑的身材、美丽的双眼，可谓有闭月羞花之貌、沉鱼落雁之容，也是一个很精明的女人。她看到这个外国人来购买地理信息，心想：过去，很少有外国人直接来购买地理信息，今天这个外国人来此，必须谨慎。

这个外国人走到李洁面前，自报家门地说："我是T国驻M省办事处的工作人员，名字叫艾迪斯，到这里购买驻地附近的地形图，这是我的介绍信。"

说着，艾迪斯从随身携带的提包中取出一封T国驻M省办事处出具的介绍信，递到李洁手上。

李洁接过并打开介绍信，但见介绍信上写道：

M省地理信息院：

兹介绍艾迪斯先生前往你处购买驻地周围五千米范围内的地形图。

T国驻M省办事处
××××年××月××日

看完介绍信，李洁抬起头，法律常识告诉她：向境外提供地理信息，需要经过地理信息管理局的审批。她看着这个外国人，镇定自若地说："对不起，你要购买的地形图，必须经过地理信息管理局批准，我们见到批准文书才能提供你们所要的地形图。"

艾迪斯问道："怎么样才能取得批准文书呢？"

李洁回答说："具体有哪些要求，你需要到地理信息管理局进行咨询。"她将介绍信退还给艾迪斯先生。

艾迪斯再问："具体地址是什么？"

李洁告诉艾迪斯说："我派人带你过去。"

艾迪斯走出之后，李洁想到要赶快给地理信息管理局负责审批工作的严力主任通报有关情况，于是她拨通了严力的电话。

4

M省地理信息管理局是M省地理信息院的主管部门，肩负着组织获取M省地理信息、维护地理信息安全、保障全社会对地理信息的需求等重任。M省地理信息院负责对获取的地理信息进行加工处理和按照M省地理信息管理局的批准，向各类社会组织提供地理信息。

严力，40多岁，M省地理信息管理局保密办公室主任，负责承办向社会提供未公开的地理信息的安全审查工作。严力听到电话铃的声音，赶快拿起电话，说："你好！"

李洁与严力原本就很熟悉，说话不用铺垫和兜圈子，她说："严主任，你好。向你通报一个情况，我们这里来了一个外国人，要购买未公开的地形图，我已经派人带他到你那里申请审批，请你接待一下。"

严力回应说："好的。"说完放下电话，等待艾迪斯的到来。

几分钟后，保密办公室的工作人员告诉严力，艾迪斯已经在接待室。

严力推门走进接待室，艾迪斯站起来自我介绍说："你好，我是T国驻M省办事处的工作人员，来这里购买地形图，这是我的介绍信。"说着，将介绍信递到严力手里。

严力接过介绍信，认真地看了一遍，对艾迪斯说："对不起，你所要的地形图属于保密地理信息，仅凭这样一封介绍信，我们不能向你提供。"

艾迪斯问道："为什么呢？"

严力回答说："地形图不同于一般的商品，涉及国家秘密地理信息。根据我国的法律，任何人使用我国基本地形图都要先提出使用申请，按照法定程序经过审批，符合条件的我们将提供，不符合条件的不提供。"

艾迪斯又问道："需要哪些条件呢？"

严力郑重地告诉他,说:"根据我国法律规定,国家未经公开的地理信息,一般均属秘密。国家批准的对外经济、文化、科学技术合作项目等使用这些地理信息,一是要有明确、合法的使用目的;二是申请的范围、种类要与使用目的相一致;三是要符合保密法律及政策。也就是说,只有国家批准的对外经济、文化、科学技术合作项目等才能申请使用未公开的地理信息,而且必须由我国相关的合作部门或者单位提出申请。"

艾迪斯说:"我不能理解贵国这样的规定。"

严力稍微停顿了一下,继续对艾迪斯说:"我想,任何一个国家也不会无条件地将秘密随便提供给其他国家,你们T国也是如此。"

严力所说的情况,艾迪斯也很清楚。地理信息与安全息息相关,重要敏感目标的地理坐标、重要目标区域的影像等地理信息,是信息化战争中进行精确军事打击的重要支撑,一旦被敌对方所掌握,将对国家的安全构成巨大威胁。任何一个国家都不会允许其他国家任意获取本国重要地理信息,都会从安全角度考虑而采取必要的防范措施。

艾迪斯沉默一下,思索着对策,一时间没有主意,只好继续问道:"你说的这些规定在哪里可以查阅到?"

严力回答说:"你可以登录M省地理信息管理局网站。"说着,严力将网站的地址写在一张便签上,递给了艾迪斯先生。

艾迪斯意识到这次是无法买到地形图了,只好说:"我回去后,一定认真地学习一下贵国相关的法律规定。拜拜。"说完,他走了。

5

艾迪斯从严力办公室走后,严力想:过去,从未发生过一个外国人在没有任何审批手续的情况下,自行购买地理信息的情况。他的脑海里产生许多疑问:是他们不了解我国的法律?还是他们找不到合作单位?或是他们另有目的?他感到此事很奇怪,应当将情况向局长报告。

M省地理信息管理局的局长名叫丁得胜,此人有高大的身躯、壮实的体格、白白的脸庞,炯炯有神的大眼睛,说起话来声如洪钟,有着英武威严的气派。他正坐在办公桌一侧的椅子上,左手搭在桌面上,右手握着一支签字笔在批阅文件。

严力来到丁得胜办公室,用食指关节敲了两下门:咚、咚。

丁得胜听到响声,说道:"请进!"

严力推门进来,站到丁得胜对面,说:"局长,我来向您报告一个情况。"

丁得胜看着严力,问道:"什么情况?"

严力说:"刚才来了一个叫艾迪斯的外国人,只带了一封T国驻M省办事处的介绍信,要购买他们驻地五千米范围内的地形图。我见他没有依法履行相关手续,不符合对外提供地理信息的法律规定,所以拒绝了他的要求。"

听了严力的情况报告,丁得胜也敏锐地意识到这次T国驻M省办事处意图获取地理信息,其真正的目的很值得怀疑,有关方面必须提高警惕,严防保密地理信息失密、泄密。

6

卡瑞将购买地形图的任务交给艾迪斯,将他派到T国驻M省办事处。艾迪斯来到M省,在T国驻M省办事处开具介绍信,然后来到M省地理信息院,企图实施购买计划,但是没有成功。

艾迪斯回到T国驻M省办事处,通过互联网搜索到严力所说的法律规定,认真地研读后,感觉到无懈可击。他给卡瑞拨通了电话。

听到电话铃响,卡瑞看了一下来电显示,看到是T国驻M省办事处的电话号码,猜想应当是艾迪斯打来的,他拿起电话,说:"是艾迪斯先生吗?"

艾迪斯回答说:"是的,卡瑞先生,你好!向你报告一下情况。"

卡瑞说:"怎么样?购买到了吗?"

艾迪斯回答说:"M省对于向外国人提供地形图有严格的规定,按照这些规定,我们很难获得所需要的地理信息。"他向卡瑞汇报了到M省地理信息院购买地形图的过程,并且对他说:"我认真地研究了M省的有关规定,将其中与我们密切相关的内容复制下来,发到你邮箱。"

卡瑞说:"好的。既然如此,你尽快回国吧。"

艾迪斯说:"好。"

卡瑞说:"没有其他事情的话,就这样吧,回国见。"

艾迪斯说:"再见。"

二人撂下电话。

听了艾迪斯的报告，卡瑞又认真地研究了艾迪斯通过电子邮件发过来的 M 省对于向国外提供地理信息的规定，他想：看来通过购买的方式获取所需要的重要目标地理信息是行不通的，必须采取其他办法。

7

为了获得 M 省地理信息，卡瑞思考着新的计划。他想：明着买不来，那就来暗买。可以采取分两步走的办法，先在 M 省收买有关人员，再通过这个人获取所需要的地理信息。想到这里，卡瑞设计了一个收买方案，并向莱克进行了报告。

为了实施收买计划，莱克和卡瑞将目光盯上了来自 M 省的技术人员，他们决定从这些技术人员下手。

近些年，在 T 国有一些来自 M 省的留学生，有的留在 T 国工作，在 T 国军事地理信息处的地理信息专业技术人员当中就有这样的人。严格地说，他们只是专业技术人员，每天的任务是进行地理信息处理，主要是处理卫星影像获取的地理信息，他们并不关注这些地理信息的用户是谁。

一天，莱克将他的几个下属叫到办公室，对他们说："我们现在需要通过关系人获得 M 省的地理信息，要找到这些关系人，首先就从我们身边的来自 M 省的工作人员下手。我们并不想让他们直接插手这些事，因为他们并不是我们的人员。但是，我们可以通过他们来寻找我们需要的人，寻找能够帮助我们做这些事情的人。"

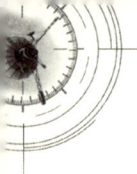

莱克扫视了一下各位下属,他们都在聚精会神地听,接着说,"你们要与在军事地理信息处工作的来自M省的人员多接触,多聊天,在他们不知情的情况下,了解他们是否有在M省地理信息院工作的同学、朋友,以及这些同学、朋友的经济状况等,但注意不要向他们透漏我们的真实目的。"

这些下属们按照莱克的指示,很快就摸清楚了这些技术人员的人脉,其中有一名技术人员叫小胡,他有个同学在M省地理信息院工作,名字叫李贵。莱克的下属在与小胡聊天当中得知李贵准备要结婚,急需要婚房,正在为买不起房而着急。

莱克听到这个消息喜出望外,立刻指示卡瑞策划一次与李贵的见面。他们商定,选派一名精明强干的人,佯装到M省旅游,在M省与李贵接触,引荐人就是在军事地理信息处工作的专业技术人员小胡。

有一天,在军事地理信息处工作的技术人员小胡刚来到单位上班,就被他的主管叫到办公室,主管问他说:"有个事情要请你帮一下忙,是否可以?"

听到主管有事情要自己帮忙,正好是一个表现自己的机会,小胡就很高兴地回答道:"没问题,什么事情?"

主管说:"我有个朋友要到M省旅游,但是人生地不熟的,想请你的同学帮忙到机场接她一下,帮助她安排一下食宿,我的朋友会给他一些报酬。"

小胡听后,根本没有意识到其中的奥秘,很痛快地答应说:"没问题,我来联系我的同学,请等我的消息。"

很快，小胡就给主管一个明确的回复，说："已经和我同学联系好了，你的朋友确定好去的时间后，告诉他就可以了。"他还补充说，"我的这同学外语水平不错，他们可以直接交流。"

8

莱克很快得知了这个情况，对第一步进展顺利十分满意，他立即选了一名叫玛丽的女情报人员执行收买李贵的任务。

第二日，莱克约见了玛丽，卡瑞也在场。莱克对她说："这次派你去M省收买一个名字叫李贵的人，让他为我们提供地理信息。你的身份是一个旅游者，我们已经安排让李贵到机场接你，由他给你安排食宿，你要多接触他，取得他的信任，让他给我们办事。我们了解到他有购买住房的计划，但缺少购房款，我们可以为他提供这方面的费用，条件是为我们提供地理信息。"

莱克从办公桌抽屉中取出机票，说："机票已经给你准备好，后天出发，你的行动听从卡瑞先生指挥，祝你成功。"

玛丽毕恭毕敬地说："好，我一定不辱使命。"然后就离开了莱克的办公室。

莱克让下属将玛丽去M省的航班和时间告诉小胡，小胡马上将姓名、航班和时间告诉李贵，李贵也很快落实了玛丽要住的酒店，并将玛丽从机场接到酒店，安置好食宿后离开。

9

李贵离开酒店之后，坐进汽车里，急忙给单位领导打电话，申请休假。

能够陪同金发美女在 M 省旅游，李贵高兴得有点得意忘形，带着炫耀的话语对领导说："我有个同学在 T 国工作，他有个朋友来 M 省旅游，委托我接待，我请三天假陪同她到 M 省主要景点看一看。"领导批准了他的请假申请。

尽管李贵的请假申请得到批准，但与之前艾迪斯购买地理信息事件联系起来，不得不引起了领导的注意，丁得胜很快收到这个情况的报告。

此前，艾迪斯前往 M 省地理信息院购买地理信息，现在又出现李贵陪同外国女人旅游，丁得胜想：这些年来，来 M 省旅游的外国人很多，多数人是参加旅行团来到 M 省，也有一些人投亲靠友来 M 省，还有一些人结伴而行。一个陌生的女人孤身来 M 省，找一个陌生的男人来陪同，而这个男人又在一个处理涉密地理信息的岗位上工作，尽管二人是在朋友介绍的情况下结识的，但也是一件比较反常的事情。前些天刚刚发生外国人购买地理信息的反常现象，现在又发生这样一个反常现象。这个外国女人来 M 省，她的目标有可能就是地理信息。

想到这里，丁得胜决定将此事向 M 省安保局进行通报，他拨通关胜局长的电话。

M 省安保局担负着维护安全和打击犯罪活动的重任，由于地理信息涉及秘密，自然也是M省安保局关注的重点。M省安保局局长叫关胜，与《水浒传》中梁山英雄关胜同名。读过《水浒传》的看官应当知道，关胜在梁山英雄当中名列前茅，被称为"天勇星"大刀关胜，身材高大，面如重枣，两眉浓重，凤眼朝天。他幼读兵书，深通武艺，智勇双全，勇猛无比。M省安保局这位关胜局长亦有着《水浒传》中梁山好汉关胜的英雄气概。

听到电话铃声，关胜很自然地拿起电话，说："喂！"

丁得胜听到关胜的声音，立即回复说："是关局长吗？"

关胜回答："是，你是丁局长吧，有什么指示？"

听到关胜既客气，又像老朋友之间半开玩笑的话，丁得胜笑了笑，说："有个事情给你通报一下，听一听你的看法。"

关胜："好的，你说吧。"

丁得胜："最近发生了两件反常的事情，我们分析两件事之间可能有联系。第一件事情发生在十几天前，有一个外国人拿着T国驻M省办事处的介绍信，到我们这里来买他们驻地周围五千米以内的地形图，因为未履行法律规定的程序，我们没有提供。过去，没有发生过外国人直接购买地理信息的情况，是一个反常的现象。"

关胜："哦，是有些反常。第二个反常现象呢？"

丁得胜："有一个T国女人来M省旅游，陪同他的是地理信息院负责地理信息处理工作的人员。二人根本不认识，是通过他人介绍才联系上的。"

关胜："是吗，地理信息院的这个人叫什么？怎么和T国女

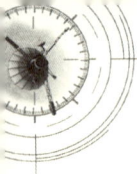

人联系上的？"

丁得胜："地理信息院的这个人叫李贵，他有一个姓胡的同学在 T 国定居。这个姓胡的同学打电话给李贵，说这个 T 国的女人是他的朋友，到 M 省旅游，请李贵接待和陪同她旅游。我们从这件事情联想到十几天前 T 国人来买地理信息的事情，感觉两件事情一定有关联。"

关胜："你的分析很有道理，确实十分可疑。你有什么打算？"

丁得胜："我打算对李贵密切关注，以防他被这个外国女人收买，协助她窃取地理信息。另外，如果我们发现了李贵有窃取地理信息的行为，请关局长协助采取措施。"

关胜斩钉截铁地说："这是我们分内的事情，请你放心，我们全力配合。"

丁得胜听了关胜的回答，赶快说："好的，谢谢！"

10

第二天，李贵按时来到酒店，玛丽也提前在酒店大堂里等他。二人会合后开车上路，到离城较远的某一著名景点去旅游。

玛丽似乎对景色很感兴趣，一边看，一边评论着，内心里却一直盘算着怎样收买李贵。大约游览一个小时后，玛丽说："我走得有点累了，找个地方休息一会吧？"

李贵看了一下她，回答说："好吧，前边有个茶社，我们到那里坐一会儿。"

茶社的环境很不错，闹中取静。二人进到房间里，在一个角落的一张茶桌旁坐下,要了一壶上好的茶,一边喝茶,一边聊天。玛丽急于想完成她的任务,所以总是引导李贵按照她的思路说话。她问:"感谢你陪同我旅游,你今天是休息日吗?"

李贵回答说:"不是,我是专门请假来陪你的。"

玛丽故作惊讶地说:"你的工作不忙吗?抱歉耽误你的工作啦。你做什么工作?"

李贵说:"没关系,受同学之托,我必须要陪你。我在M省地理信息院工作。"

玛丽:"这个工作不错吧,收入高不高?"

李贵笑一笑,说:"还可以吧。"

玛丽:"介绍我们两个认识的小胡与你是同行,他收入不错。"

李贵:"是呀,我不能和他比,我的收入水平总体没他高。"

玛丽问道:"你结婚了吗?"

李贵回答说:"还没有,正在为结婚的事情发愁。"

玛丽又问:"为什么?"

李贵叹口气,接着说:"我和女朋友都是从外地来这个城市工作的,在这里没有自己的住房,女朋友的父母要求我买房以后再结婚。我们两个人工作时间短,存款很少,还没有买房的能力,只好暂时不结婚了。"

玛丽很理解地说:"这真是个大问题,你打算怎么办?"

李贵很沮丧地说:"我能怎么办?有钱的时候再说呗。"

玛丽同情地问道:"除工资以外,没有其他收入吗?"

李贵说:"没有。"

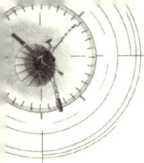

玛丽又问:"买房子需要多少钱?"

李贵告诉他:"大约 50 万元。"

玛丽满不在乎地说:"费用不算多呀。"

李贵瞪大眼睛,说:"怎么不多,我们至少也要再工作十几年才能有这么多钱。"

玛丽出主意说:"你需要想一想其他办法解决问题。"

李贵说:"能有什么办法?"

玛丽说:"你可以借呀。"

李贵说:"跟谁借呀,我家和女朋友家都条件不好,帮不上忙,其他人有谁愿意借给我们呢?"

说到这里,李贵不想再继续说下去了,他提议说:"我们接着看景吧。"然后站起来,玛丽也随着他站起来,两个人接着游览。

11

傍晚,李贵将玛丽送回酒店。走到房间里,玛丽对李贵说:"到了我的住处,你就是客人啦,请坐吧。"李贵应邀坐在客厅的沙发上。

玛丽用开水冲了一杯速溶咖啡,放在李贵面前的茶几上,说:"辛苦你啦,喝杯咖啡吧。"

李贵说:"谢谢!"

玛丽也给自己冲上一杯速溶咖啡,端着咖啡杯坐在李贵的右边,一股外国女人特有的香气飘进李贵的鼻孔,熏得他有些神魂颠倒。

玛丽靠近李贵坐下，心满意足地笑了笑，对李贵说："今天收获很大，旅游的地方景色很美，还很有文化底蕴。谢谢你！明天还请你再陪我一天。我也不能只让你付出劳动，我要给你报酬。"

说着，玛丽从保险箱中拿出一个鼓鼓的信封，递到李贵手里。见到玛丽递过来的钱，李贵很想马上接住，不过他不想让玛丽感觉到自己见钱眼开，便故作推辞地说："我这是给朋友帮忙，不能要你的钱。"

玛丽闪动一下她那双美丽的眼睛，盯着李贵的眼睛，将信封塞进李贵的挎包里，说："这是你应当得到的报酬，不要再推辞啦。"

李贵似乎有些无奈地说："那好吧。"

玛丽见他已经收下钱，心里暗自高兴，心想：这已经完成了收买李贵的第一步，打开了突破口。

二人随意聊了一会儿，天色已晚，尽管李贵舍不得离开，但也感到不好赖在这里不走，他对玛丽说："旅游一天，你也累了，早点休息吧，我明天早上八点半来接你。再见！"

玛丽："再见！"

李贵走出酒店，在汽车里数了数信封里的钱，整整一万元，相当于他三个月的工资，他很高兴，心想：这个老外真大方，出手就是一万，这钱来得真容易。

玛丽也正在房间里暗自高兴，她今天的计划完成了，李贵向她谈的这些情况，正是她所需要的，她实现了收买李贵的第一步。晚上，玛丽通过电话向卡瑞报告了情况，商量下一步的行动计划。

M省地理信息院保存了M省地域的全部地理信息，包括分布在M省数万平方千米地域上的大量点位的地理坐标，M省范围的全部高分辨率的卫星影像、航空摄影数据、各种比例尺地图数据等。

地理信息，特别是重要目标的高精度地理信息，是重要的军事信息资源和战略性资源。重要敏感目标的地理坐标数据、重要目标区域的影像数据、地形数据等，是信息化战争中进行精确军事打击的重要数据支撑，一旦泄露，将对国家的国防安全构成危害。重要基础设施或能源、矿产、地质等地理信息，一旦被外国情报机构所掌握，将损害国家的战略利益。

地理信息与国家安全息息相关，任何一个国家都不会允许其他国家任意获取本国地理信息，都会从安全角度考虑而采取必要的防范措施。

对于如何严守秘密，国家法律有明确的规定，各类单位和公民都有保守秘密的义务。机关、单位对外交往与合作中需要提供秘密事项，或者任用、聘用的境外人员因工作需要知悉秘密的，应当报国家有关主管机关批准，并与对方签订保密协议。任何组织和个人不得非法获取、持有秘密载体，不得买卖、转送或者私自销毁秘密载体，不得通过普通邮政、快递等无保密措施的渠道传递秘密载体，不得邮寄、托运秘密载体出境，不得未经有关主管部门批准擅自携带、传递秘密载体出境。禁止非法复制、记录、存储秘密，禁止在互联网及其他公共信息网络或者未采取保密措施的有线和无线通信中传递秘密，禁止在私人交往和通信中涉及秘密。任何危害秘密安全的行为，都必须受到法律追究。

但是，地理信息又是政治、经济、文化、社会、生态等各个领域所必需的，必须向社会提供使用。只有向社会提供使用，才能发挥其作用。因此，M省地理信息院既是一个保密单位，又是一个面向社会的服务窗口。

地理信息既要保密，又要广泛应用，二者形成尖锐的冲突。地理信息的这种特殊性，决定了必须对其采取严密的监控措施，时时提防发生失密、泄密的事件。在做好保密工作的前提下，要最大限度地向社会提供符合法律规定的地理信息。

为了严防失密、泄密事件发生，M省地理信息院采取严密的监控措施。为了确保地理信息安全，M省地理信息院加装了内部的闭路监控系统，这些监控设备安装得极其隐蔽，不易被人发现，只有少数人知道。有关部门按照丁得胜的指示，加强了对李贵所在办公室的监控。

13

第三天，李贵如约来到酒店接玛丽，二人在前往旅游景点的汽车上又聊起来。玛丽对李贵说："昨天我朋友打电话来，询问我在M省旅游是否顺利，我告诉他很顺利、很开心，很有收获。这主要是由于你的精心安排和热心接待，我很庆幸结交了你这样一个朋友。"

李贵赞成玛丽的说法，就接着玛丽的话说："是呀，我也觉得我们应当是朋友。"

玛丽继续说："因为你买不起房，就无法结婚的事情，我在电话里告诉我朋友，他听了之后也感觉到这是一件大事。他跟我说我和你可以探讨一下有没有合作的机会，帮你解决一下当前的困难。"

李贵看了一眼玛丽，问道："能有什么合作机会？"

玛丽说："你在 M 省地理信息院工作，看看在这方面可不可以合作。我朋友需要一些地理信息做科学研究，你是否可以卖给他一些？"她隐瞒了买地理信息的真正目的。

李贵一惊，说："购买地理信息需要经过很多审批手续。再说，你的朋友买地理信息的钱被单位收了，我也不可能得到啊。"

玛丽说："这就看你怎么操作了。如果是公开交易，他除付你们单位必要的费用外，还可以给你一点中介费，但就很有限，很难解决你个人的困难。如果私下交易，你将地理信息提供给他，他直接将全部费用给你个人，那样就可以帮助你解决困难啦。"

李贵深知向外国人提供地理信息有很多限制，审批手续很严格，很难帮助玛丽的朋友，自己的收益也很有限。但是，私自出售地理信息是违法的，一旦败露，会丢掉公职，甚至会坐牢。

玛丽看出他的心思，就鼓动地说："用光盘拷贝，几张光盘就够了，对你来说那还不是手到擒来的事情。"

李贵说："让我好好考虑一下。"

玛丽说："好，想好给我答复。"

在这一天的旅游当中，李贵带着玛丽逛景点，一边走一边思考着能不能接受玛丽的意见，用光盘拷贝地理信息，私下卖给玛丽的朋友。一方面，如果将地理信息拷贝出来，那就可以得到一笔可观的费用，解决自己购买住房的难题，机会难得，诱惑力太大了；另一方面，如果自己这样做了，一旦被发现，那就会成为一个罪犯，毁掉自己的一生。

一天下来，李贵也没有想好。将玛丽送回酒店，玛丽问他："你想好了吗？"

李贵听到玛丽问自己，就回答说："明天给你答复。"

14

在 M 省地理信息院，李贵是负责地理信息处理的，工作任务就是根据上级批准的提供地理信息范围，将这些地理信息从数据库提取出来，并拷贝在光盘上，交给李洁。李洁再对李贵拷贝的地理信息范围进行审核，确认与上级审批的范围一致后，再交给前来购买地理信息的用户。

尽管拷贝地理信息是李贵经常做的工作，不过那是光明正大进行的，是在有审批依据的情况下拷贝的。但是，这次是要在别人不知情，没有经过批准的情况下，偷偷摸摸地拷贝大量地理信息，然后提交给玛丽，他胆战心惊，心里没有底，不知道会不会被发现。他必须选择没有其他人在场的情况下拷贝，要谨慎地寻找时机，周密地进行谋划。

他知道，虽然这些地理信息经过主管机关批准以后可以向外提供，尽管这些地理信息是经过一定的保密技术处理的，但这些地理信息依然是不能公开的，依然属于保密范畴，往往都是提供给小范围使用的，有很多内容是不能向社会公开的，一旦被抓住就会被以泄密或者窃密行为进行处理。

他知道，法律对于泄密、窃密和擅自向外国人提供保密地理信息是禁止的，从事这些行为是严重违法的，是要受到法律严厉的制裁的。

他知道，有关主管机构经常开展地理信息提供使用的保密检查，查处那些失密、泄密行为。

想到这些，他就更加忐忑不安，在做与不做之间徘徊。最终，他选择了赌上一次，毕竟有那么多钞票等着他。

李贵终于没有抵抗住金钱的诱惑，他决定铤而走险，答应了玛丽的要求，但要求玛丽和她朋友对此事绝对保密。这点要求也正是玛丽希望的，当然没有问题。

根据卡瑞的指示，玛丽与李贵谈好提供地理信息的范围和付款方式。

玛丽对自己成功地收买李贵感到十分兴奋，她很快将情况报告给卡瑞，他们静待李贵拿来地理信息。

15

李贵陪同玛丽在 M 省游览三天，就被玛丽用金钱收买了。玛丽说是朋友需要地理信息进行科学研究，那是花言巧语地欺骗李贵，李贵对她所说的话也是将信将疑。但是，对于他来说，这些已经不重要了，他想：人生能有几回搏，我要抓住这个机会捞一把。

在与玛丽分开的时候，他说："你在 M 省等我几天，自己转一转、玩一玩，我弄好之后给你打电话。"

玛丽说："好的。不过，你不要用现在的手机号码给我打电话，必须换一个新手机号码，以免被窃听。"

李贵回应道："好的。"他心想：这个女人真狡猾。

狡猾的玛丽，在李贵离开之后，立刻转移到另外一个酒店入住。

— 16 —

陪同玛丽旅游三天后，李贵回到 M 省地理信息院上班，见到李洁等同事时，主动打招呼："早上好！"

李洁微笑着回应李贵说："那个外国美女回国啦？"

李贵也呵呵地笑了笑，说："回国了。"他没有说实话，因为他做贼心虚，故意制造不会再与玛丽联系的假象。

但是，自从丁得胜与关胜沟通情况之后，M 省安保局立刻调取警用监控系统记录的内容，掌握了玛丽的行踪，并及时知道她已经转移到另外一个酒店入住，关胜将这些情况通报给丁得胜。

丁得胜了解到这个情况，并得知李贵谎称玛丽已经回国后，更加确信李贵会在地理信息方面为玛丽做些事情。

李贵的工作是在地理信息处理办公室负责数据处理，他所处理的数据是不允许擅自复制的。但是，为了换取玛丽手里的金钱，他必须违反规定，寻找合适的时机偷偷地复制了。他想：地理信息量很大，复制一次需要较长的时间，至少也要用半个小时。要想不被其他人发现，上班时间是不可能复制的，只有在下班以后大家都不在单位的情况下才有可能偷偷地拷贝。

回到单位上班后，李贵伺机作案，绞尽脑汁地思考着怎么样才能在大家都不在的时候拷贝地理信息。两天时间过去了，他也没有找到合适的机会，心里很是着急，不停地盘算着鬼主意，终于想出来一个"妙计"。

17

次日，忙碌了一天的人们都陆续下班了，李贵也随着大家一起走出了地理信息院的大门，在存车处推出自行车，向自己租住房屋的地方骑去。但是他并没有骑回家里，而是半路折回来，回到地理信息院大门口。这时下班的人们已经离开半个小时了，在地理信息院的院子里，除了门口站岗的保安人员，已经没有其他人了；在办公大楼里，除了一个值班人员以外，也已经没有其他人了；李贵所在的办公室里，更是空无一人，显得十分的宁静。

李贵向站岗的保安人员出示了出入证件，并对保安人员说："我的家门钥匙落在办公室了，到家里打不开门，只好又回来取。"

站岗的保安人员查验了李贵的出入证件，对他说："进去吧。"

李贵推着自行车走向办公大楼，将自行车放在楼门口，径直走进大楼，来到自己所在的办公室，没有见到一个人，他暗自庆幸，自言自语地说："可找到机会了。"

下班时，李贵故意将家门钥匙落在办公室，在人们都下班之后再回来取，这样做合情合理，不会引起怀疑，即便是碰上同事，也很好解释自己为什么回来。回到办公室，如果没有人，就可以借此机会刻录地理信息光盘，神不知鬼不觉地完成盗取数据的目的。这是一个精心设计的计划，而且正如李贵所愿，一切都按照他的设计顺利地进行着。

在办公室里，李贵打开自己办公桌抽屉，从中取出家门钥匙，装进随身携带的挎包里。然后，他到办公室门口向外窥视了一下，转身关好门，并将其反锁。之后，他坐在自己办公桌前的椅子上，打开平时用来处理地理信息的电脑开关，输入密码，打开文件夹，开始将事先已经存储在电脑里的地理信息刻录在光盘上。

这两天，尽管李贵没有能够在上班时间将地理信息盗走，但也做了许多准备工作。在完成处理地理信息工作任务的同时，他将大量地理信息偷偷地进行编辑处理，设置了相应的文件夹，以便于刻制光盘。

俗话说：做贼心虚。特别是没有做过贼的人，做贼时就更加心虚。在心虚的情况下做贼，紧张和恐惧难以掩饰。电脑在飞快地将数据向光盘转移，但李贵心神不定、惶恐不安，觉得刻制光盘的速度太慢，焦急地盼望赶快刻完。他不时地看看门口，内心里祈祷着：在这个时候千万不要来人！他不时地将目光盯住电脑，期盼着赶快结束这心惊肉跳的时刻！

大约半个小时后，电脑屏幕上终于提示数据拷贝完毕。李贵赶快从刻录设备上取出光盘，装进事先准备好的专门用来保护光盘的包装盒里，这才长长地出了一口气，紧张和恐惧的心情得到一点缓解。

地理信息光盘刻制完成后，李贵正想将其装进自己的挎包，但转念一想：现在大楼里空无一人，我自己背着装有光盘的挎包出去，心情肯定紧张和恐惧，很容易露出破绽，引起保安人员的怀疑。万一被保安人员查问或者查看包里的东西，岂不是很容易"露馅"。还是明天下班的时候带出去，大家一起走出大门，没有人会对我进行查问。想到此，他先将地理信息光盘锁进了自己使用的柜里。

刻制的地理信息光盘被锁进柜子之后，李贵长出一口气，双手按在胸脯上，从上到下地捋了又捋，心情似乎平静了许多。他查看了一下已经装进挎包的家门钥匙，背上挎包，走出办公室，转身锁好门，走下楼，推上自行车，来到大门口，跟站岗的保安人员打个招呼："再见！"然后骑上自行车，飞快地离开了。

18

其实，自从李贵走进单位大门，门口站岗的保安人员就已经通过电话向他的上级报告李贵进入了单位大楼。站岗的保安人员之所以向上级报告李贵进入单位大楼，并不是因为他知道李贵有可能窃取地理信息的情况，而是地理信息管理局的保卫制度规定，节假日和下班以后仍然有人来地理信息院的话，门卫必须向上级报告。

地理信息管理局的保卫部门负责人接到李贵下班时间回到单

位大楼的报告后,立刻返回监控室,打开监视器,监视着李贵的一举一动。他鬼鬼祟祟地刻制地理信息光盘的过程,全部被监控记录下来。

等到李贵离开后,保卫部门负责人将监控录像进行了复制,拷贝在 U 盘里。鉴于李贵刻制的光盘尚未带走,他决定今天晚上不打搅领导,明天再向领导报告情况。

第二天上班后,丁得胜很快得到了情况报告,并收到了存有监控录像的 U 盘。他认真地观看了李贵下班后进出地理信息管理局的全过程,心想:这个监控录像已经证实李贵盗窃地理信息,我应将这个情况尽快通报给 M 省安保局。

想到这里,丁得胜给关胜打了电话,告诉他说:"我现在到你那里去一下。"然后,向车队要了车,很快来到 M 省安保局局长的办公室。

关胜热情地迎接了丁得胜,当听到敲门声,亲自给他开门,并面带笑容大声地说:"欢迎丁局长大驾光临!"

丁得胜也回应地说:"打扰你来了。"

关胜转身,用右手指向沙发说:"请坐!"

丁得胜向前两步,坐在沙发上。

关胜从沙发旁的茶几上,拿起茶叶罐,将少量茶叶倒进事先准备好的茶杯里,取下保温瓶的木塞,端起保温瓶将热水倒进茶杯里,放在丁得胜面前的茶几上,说:"请喝茶!"

丁得胜回应说:"谢谢!"

关胜也坐在另一个沙发上,两人寒暄几句。

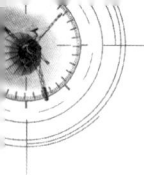

然后,丁得胜说:"今天拜访关局长,是想让关局长看一段录像。"说着掏出带来的 U 盘。

关胜接过 U 盘,起身来到办公桌旁,将 U 盘接入电脑,电脑显示屏上出现李贵在下班后返回办公室的画面,关胜问道:"这个人是谁?"

丁得胜说:"这个人就是我几天前对你说过的那个陪同外国女人在 M 省旅游的李贵。"

当看到李贵打开电脑,在刻录设备上插入光盘,进行大约半个小时的刻录,而且神情紧张、做贼心虚的表现时,丁得胜对关胜说:"从他的表现和刻录光盘的时长来看,应当是在私自拷贝地理信息。"

录像放到李贵刻制完光盘,将光盘锁进柜子后,关胜说:"看来他没敢立刻拿走。"

看完录像,两人一致认为:基本上可以确定李贵刻录的是地理信息,据此推断,这个光盘他一定会提供给玛丽,这两个人将在一两天之内见面进行交易。

丁得胜和关胜商量了对策:李贵在地理信息院时,由丁得胜派人监控他的行动;当他走出地理信息院大门后,由关胜负责派人监视。同时,关胜决定对玛丽的行动加强监视,在两人交易时采取强制措施,人赃并获。

商量已定,丁得胜回到 M 省地理信息管理局,两个人分头布置对李贵和玛丽的监视行动。

19

在丁得胜与关胜观看录像和商量对策的同时，李贵也在盘算着应当怎样将光盘交到玛丽手上。这一天，他早早地来到办公室，打开柜门，看到刻制好的光盘依然放在那里，就顺势装进每天背着的挎包里，并将装好光盘的挎包锁进柜子。这样一来，他在下班的时候，打开柜门，顺手将挎包背在身上，就可以神不知鬼不觉地将光盘带出去了。

他想：将光盘带出去以后，先锁在家中的柜子里。然后再与玛丽联系，商量交接的事情，关键是要一手交钱、一手交货，我把光盘交给她的同时也必须拿到钱，否则再到哪里去找她呢。

事情正像李贵设想的那样，下班的时候他背上每天背着的挎包，顺利地将光盘带出了地理信息院的大门。

李贵走出大门，骑上自行车，径直回到租住的房子后，赶快将光盘从挎包里取出，锁进柜子里，心情似乎踏实了许多。他正要给玛丽打电话，忽然想起还没有按照玛丽的提醒去买一张新的手机号码卡。

李贵转身下楼，骑上自行车，来到一个卖手机号码卡的地方，购买了一个号码卡。回到住处，他将手机里的旧卡取出，安装上新卡，赶紧拨打玛丽的手机，约好了见面的时间、地点，谈好一手交钱、一手交货。

然而，当李贵从住处走出来的时候，当玛丽从入住的酒店走出来的时候，两个人正分别被关胜派出的警察跟踪监视着。正当

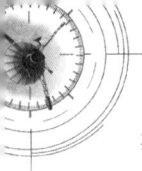

李贵和玛丽进行交易的时候,警察突然出现在二人面前,人赃俱获,两个人目瞪口呆,无话可说,只好乖乖地被警察带走了。

李贵及玛丽非法窃取地理信息,应当受到法律的追究。最终,李贵被法院依法判处十年有期徒刑,玛丽被驱逐出境。

以收买"内鬼"的手段,企图窃取 M 省地理信息院所掌握的地理信息的阴谋失败了,但莱克和卡瑞又制定了新的猎点行动计划。

第三章
伪装掩护下的"偷猎"

1

炎热的夏天,正是树木枝叶十分茂盛的季节,农田里玉米的高度也已经快到了人的腰部。一条公路穿过农田,路两侧种满柳树,柳叶枝在微风中摇曳着。附近村子的村委会主任和一名村干部,刚刚从乡里开会回来,骑着自行车行进在公路上。

骑着骑着,村委会主任忽然看到一个外国人正在公路右侧的军事要地附近,低着头摆弄一个仪器。他手指右前方,对村干部说:"你看那个外国人干什么呐?"

村干部顺着村委会主任手指的方向看去,说:"他好像是在照相。"

村委会主任说:"他怎么到这里来照相呢?"参加过国家地理信息普查的村委会主任了解一些知识,想了想说:"他应当不是在照相,我估计他用的是卫星定位仪器。我曾经见过测绘人员

使用这种仪器测量坐标。他应当是在进行测绘。"

村干部带着疑问的口气说:"这里临近军事要地,外国人怎么会到这里来测绘呢?不会有什么特殊目的吧?"

村委会主任说:"我在报纸上看到过,国家法律是不允许随便对军事要地进行测绘或者拍摄的,更不允许外国人进行测绘和拍照。"

村干部建议说:"我们向省地理信息管理局举报吧?"

村委会主任说:"这个建议好。"说完便掏出手机,拨通电话查询台。查询台工作人员接通电话,说:"您好,26号为您服务。"

"请帮助我查一下省地理信息管理局的举报电话。"村委会主任说。

电话查询台很快告诉他们省地理信息管理局的举报电话。

村委会主任迅速拨通了举报电话。接电话的是省地理信息管理局的工作人员楚玉明,他拿起电话说:"喂,您好。"

"您好,我们发现一个外国人在军事要地附近进行测量,举止有些异常,特此向你们举报。"村委会主任说。

楚玉明问:"具体地点是哪里?"

村委会主任将地点准确地告诉了楚玉明。

2

接到举报后,楚玉明意识到这件事情非同小可,迅速地将情况向丁得胜局长进行了报告。丁得胜认为,从举报情况初步判断,这个外国人的行为可能是采集军事目标的地理信息。于是，丁得胜对楚玉明说："你现在就到现场去核实情况，随时向我报告。"

按照丁得胜的指示，楚玉明立刻驾驶汽车出发，二十多分钟便到达举报人提供的具体地点附近。他看到在军事要地附近停放着一辆越野汽车，看看车型和车牌，与举报人描述的一致，正是嫌疑人驾驶的汽车。

楚玉明继续向前看去，不远处就是军事要地。楚玉明将汽车停在一个既利于隐蔽，又利于观察的地方。他打开车窗，对正在操作卫星定位仪器的外国人的举动悄悄地进行了录像。然后他给丁得胜打电话报告情况，说："报告丁局长，举报人所反映的情况属实，目前这位外国人仍在进行测量和拍摄。"

丁得胜对楚玉明说："你继续在原地盯住嫌疑人，尽量不要暴露自己，我马上派人过去协助你抓获嫌疑人。"

核实情况后，丁得胜想：按照与M省安保局的联防机制，这个事件应当向M省安保局通报一下情况。他立即拨通了关胜的电话。电话里，他首先介绍了情况："根据群众举报，目前有一个外国人正在××军事要地附近用卫星定位仪器进行测量和摄影，我们认为这个外国人除了涉嫌非法从事测绘活动以外，还涉嫌窃取军事要地的地理信息，我们建议两机关联合处理这个事件。"

听了丁得胜介绍的情况和提出的意见，关胜说："我完全同意丁局长意见，这个事件只有两机关联合办理，才能办好。我们必须尽快采取措施，因为它涉及秘密和危害安全，我们必须防止嫌疑人将窃取的地理信息发送出去，一旦发送出去将造成损失。"

丁得胜说："为防止嫌疑人将信息发送出去，我们应当依法扣下他携带的设备，对地理信息进行鉴定。如果嫌疑人采集的地理信息当中确实包含了军事要地的位置地理信息和影像地理信息，那么我们就可以依法采取行政处罚或者其他处罚措施。"

关胜接着说："如果发现嫌疑人窃取军事要地的地理信息，我们可以依法采取强制措施，查扣设备等，甚至可以对嫌疑人加以控制。关于处罚问题，我们必须做两手准备，如果有证据证明嫌疑人是间谍或者为境外情报机构服务，可以考虑从刑事方面处理；否则，按照违法从事测绘活动行为进行处理为宜。"

丁得胜说："我完全赞同关局长的意见。我们尽快组成联合调查组赶赴现场采取措施。地理信息管理局方面，我考虑派执法处处长张冲和已经在现场的楚玉明参与处理。"

关胜说："我们这方面由武永智、燕青参与调查。"

丁得胜说："他们到达现场之后，将嫌疑人带回调查询问。"

关胜用带建议性的口吻说："我的意见是先从调查询问违法从事测绘活动入手，将嫌疑人带到省地理信息管理局调查询问。"

丁得胜对关胜说："好的，我们来负责调查询问，你们参与和协助。"

关胜说："好。"

丁得胜和关胜协商后，放下电话，分头进行布置，派出张冲、武永智、燕青驱车赶往现场与楚玉明会合。

楚玉明一直悄悄地跟着这个外国人，对他的举动进行录像，直到张冲他们到来。楚玉明将刚才对嫌疑人活动的录像放给刚到的三人观看，几个人一致认为，这是窃取军事要地地理信息的有力证据，不怕这个外国人抵赖。

几个人在外国人停车点附近隐蔽起来，以"守株待兔"的方式等待他走到跟前，然后进行抓获。

3

莱克和卡瑞策划的玛丽收买李贵获得 M 省地理信息的阴谋失败了。但是，实施猎点行动是 T 国军事地理信息处必须完成的任务，莱克责令卡瑞拿出实施猎点行动的新方案。他对卡瑞说："你组织几个人研究一下，提出猎点行动的新办法。"

卡瑞找来艾迪斯和玛丽，说："直接获取 M 省已有的地理信息的做法看来难以成功，M 省防范得太严密，他们不仅设置很多障碍，还经常进行检查，即便我们下很大工夫获取到信息，也是经过保密技术处理的，实用价值大大降低，所以莱克处长决定另想办法。"

艾迪斯道："我们有什么新办法吗？"

卡瑞给他们下达任务："按照莱克处长的指令，利用我们已有的卫星影像作为基础，整理出来疑似重要目标，派人到这些目标去采集它的精确坐标、属性、周围环境的详细信息。你们研究一下这指令的可行性和具体实施办法，过几天我们再开会讨论。"

两天后，卡瑞召集艾迪斯、玛丽等开会讨论派人到 M 省采集重要目标地理信息的事，艾迪斯首先发表意见，说："这两天我研究了 M 省所在邻国的有关法律。根据这个国家的法律规定，使用卫星定位技术采集地理坐标属于测绘行为,任何人未经批准不得到涉密地点进行测绘。这个国家的法律对外国人从事测绘活动有明确的规定,一是外国人从事测绘活动必须经过主管机关批准;二是外国人从事测绘活动必须与这个国家有关方面合作,测绘过程必须有这个国家的人员全程陪同;三是外国人从事测绘活动不得涉及秘密和危害安全;四是测绘成果归这个国家合作方所有,要向地理信息主管机关汇交副本,未经依法批准不得携带或者传输出境;五是违反法律规定要追究法律责任。从以上情况可见,公开派人到这个国家采集重要目标的地理信息是不可行的,只能采取隐蔽的方式进行。"

玛丽接着发言,说:"我赞成采取隐蔽的方式采集地理信息,但首先必须保证我们的人员能够以合法的身份进入邻国,还要有合理的理由接近所要采集地理信息的目标,既不能暴露目的,还要将地理信息采集回来。我们的人必须时刻做好被发现和被抓捕的思想准备,一旦被抓捕绝对不能暴露我们的真正目的,必须以合法身份和理由应对,不能让他们发现我们是为了获取重要目标的地理信息,否则将会作为间谍被处理,那样问题就严重了,不仅我们的人会受到严厉的处罚,还将会引起国际社会的关注。"

卡瑞听了两个人的发言,说:"你们说得很对,我们必须采取最隐蔽的方式完成猎点行动。我们要利用多方面的交往,如到国外旅游的人很多,交流合作的科研项目也很多,合资、合作企业也不少,这些都是我们可以利用的有利条件,可以保证我们的人以合法身份进入邻国,掩盖我们获取重要目标的地理信息的真

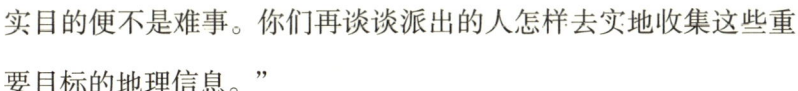

实目的便不是难事。你们再谈谈派出的人怎样去实地收集这些重要目标的地理信息。"

听了卡瑞一席话，艾迪斯再次发言说："我觉得，我们必须在我们国家训练一批能够使用便携型且精确度高的卫星定位设备、可量测相机，还能够进行地理信息处理的人员，然后让这些人以合法的身份进入 M 省。为了掩盖真正目的，这些人在实地采集地理信息时，不仅要采集所需要的重要目标地理信息，而且要更多地采集对我们并没有什么用处、与其合法身份相关的地理信息，将我们需要的地理信息淹没在大量其他信息当中，以免暴露这些人的真实身份和行为目的，即便被抓获，也可以有很好的理由规避以间谍身份被处理。"

玛丽表示赞赏地说："这样做确实是个好办法，将这些人员训练好之后，再将我们的任务分配给他们，分片包干，分别负责若干重要目标地理信息的采集。让他们自己去设计行动路线和拟定完成任务的措施，然后由我们以合法的身份将他们分期分批地派出去。这些被派出去的人，可以根据任务的需要自由活动，只要完成任务就可以。如果被抓获，打着科研考察、旅游参观等旗号，不暴露真正目的，就不会出大事。"

卡瑞最后总结说："两位的意见都很好，我们就按照这样的思路给莱克处长写报告，请艾迪斯先生执笔，写完后报给我审阅。"

4

三天后，艾迪斯将报告送交卡瑞，他审阅修改后，迅速送给莱克。莱克很快批准了这个报告。

卡瑞拟定的猎点行动新方案，核心内容是要训练一支队伍，派他们到他国进行实地采集重要目标的地理信息，用来弥补现今卫星数据无法解决的那些问题。

莱克和卡瑞在军事地理信息处挑选了一批既具有专业知识，又具有情报工作经验的人员，将他们组织起来进行培训，并且给每个人配发了卫星定位设备和可量测相机，配发了处理地理信息的最先进的轻薄型笔记本电脑。

对这些人培训的主要内容是让他们识别从卫星影像上选择性标注出来的他国境内重要目标，对这些目标进行初步分析，明确实地采集地理信息的任务；学会通过网络调用军事地理信息处提供的机密级卫星影像地图，在这些地图上标明了需要采集地理信息的重要目标位置。

培训之后，这些人携带设备和笔记本电脑进入他国，然后秘密地通过互联网调用军事地理信息处发来的卫星影像地图，从卫星影像地图上获取采集地理信息的重点目标和任务指令。

当这些人到达重要目标位置时，先行定位，再获取必要的影像，经过必要的数据处理，将采集的地理信息上传标注在卫星影像地图上。当遇到执法人员检查时，只需在电脑上按一个键，电脑上存储的所有地理信息即可被清除。

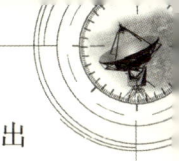

培训之后,这些人都明确了任务,各自分头做准备,等待出发的命令。

— 5 —

被群众举报的这个在军事要地附近进行卫星定位和照相的外国人名字叫里尔。他是莱克派到M省进行地理信息收集工作的。他是一个30多岁的男子,身材高大,身体健壮,曾经学习过M省当地语言,会讲当地话,也认得相应文字。

在下达任务后,莱克将里尔叫到办公室,工作人员通过投影仪将卫星影像地图投在大屏幕上。在显示到M省某个区域时,有一些标注出来的点位,放大这些点位,显示出建筑物和构筑物的影像。莱克指着这些建筑物和构筑物,对里尔说:"请你注意这些重点位置,我们判断可能是军事要地,我们现在需要这些点位的准确地理坐标、实地拍摄影像和确认这些重点目标的属性及周围环境。"

二人目光离开大屏幕,工作人员关闭投影仪,莱克接着说:"最近,有一个旅行团将赴M省旅游,你作为旅游者随行,到达目的地之后,想办法脱离旅行团去完成任务。到时你与卡瑞联系,他会派人配合你的行动,帮助你解决困难。"

在向里尔下达任务时,卡瑞也在现场,他将联系电话交给里尔,说:"可以随时给我打电话。"

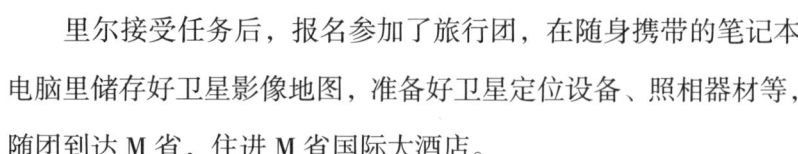

6

里尔接受任务后，报名参加了旅行团，在随身携带的笔记本电脑里储存好卫星影像地图，准备好卫星定位设备、照相器材等，随团到达 M 省，住进 M 省国际大酒店。

旅行团来到 M 省之后，里尔只随旅行团旅游一天，当天晚上便向带团导游请假，说："我在 M 省有一个朋友，要去拜访一下，所以接下来的几天就不随团旅游了，但旅行团回国的时候我一起回国。"

导游同意了他的请求，并与他约定好返回旅行团的时间。里尔脱离旅行团，但仍然住在 M 省国际大酒店，那是为了方便和掩人耳目。

与旅行团导游约定好之后，里尔立即用手机与卡瑞取得联系，他说："卡瑞先生，你好！我是里尔，我已经来到 M 省，并且向导游请了假，明天可以脱离旅行团。"

卡瑞说："好的，我已经派艾迪斯先生先行为你在 M 省确定了一个租用越野汽车的地方，具体地点你与他联系，还有什么困难，你可以直接与他联系。"他将艾迪斯的手机号码告诉了里尔。

在里尔来到 M 省之前，莱克已经向卡瑞作了部署，要求他配合里尔完成任务。知道里尔完成任务需要配备一辆越野汽车，所以，他已经提前要求艾迪斯在 M 省找到可以租用越野汽车的地方，艾迪斯也已经按照要求落实。

里尔又拨通了艾迪斯的手机，艾迪斯听到电话铃声后，按了

一下通话键接通手机,说:"喂,你好。"

里尔说:"你好,我是里尔,你是艾迪斯先生吗?"

艾迪斯回答:"是。"

里尔说:"卡瑞先生告诉我与你联系,请你帮助我弄一辆汽车。"

艾迪斯马上说:"是的,我已经帮你确定了一个汽车租赁公司,名称叫做'M省四方汽车租赁公司',地点在三马路二十三号,你以旅游者的名义到那里租用一辆越野车。"

里尔说:"好!"半个小时后,按照艾迪斯指示的地点,他租用了一辆越野汽车,将车开到所入住的M省国际大酒店,在停车场停好。他回到自己所住的客房,认真策划了行车路线,做好了必要的准备。

7

次日,里尔吃过早餐,带上卫星定位设备、照相机和笔记本电脑等工具,开车向目的地方向出发,开始了窃取地理信息的活动。

为了掩盖真实目的,里尔在去往目的地沿途不断停下汽车,对一些奇石怪树进行定位、照相,并且储存在笔记本电脑里。

当他逐渐接近事先预判的军事要地时,不免有些紧张,心情忐忑不安。他将车停在离目标几百米的路边,打开笔记本电脑,查找到目标的卫星影像地图,放大比例尺,清晰地看到它的形态,觉得它占地面积很大,南北方向有三千米宽,东西方向有四千米

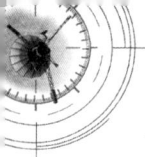

长,周围有围墙,里面有很多建筑物,围墙外面大约七八十米处有一条环形公路环绕在周围,有向外延伸的公路与环形公路连接。

在卫星影像地图上,可以看到事先预判的军事要地处在丘陵地带,在三面小山的怀抱之中,开阔地带有一些树木和农田。

里尔从卫星影像地图上清楚地看到,事先预判的军事要地的四面各有一个出入的大门,心想:这几个门口肯定都会有人站岗,他的行动必须在不被发现的前提下完成。

他想:我必须围绕着军事要地走一圈,至少需要选择几十个点进行定位和拍照,这要在隐蔽的情况下进行,不能被发现,否则必然会引起怀疑,影响完成任务。最好的办法是以四个大门为节点,分成东北、西北、西南、东南四个区位分别进行。现在处在东北角的位置,就从这里开始吧。

他将笔记本电脑收起来,与卫星定位设备一起装进特制的随身旅行包,将照相机挂在脖子上,从车上下来,装出一副旅游者的样子,开始步行向目标走去。

在距离东门还有大约三百米的地方,里尔借着齐腰深的玉米秆子的掩护,将自己隐蔽起来,向前观察情况。只见这个事先预判的军事要地周围公路两旁长着高大的柳树,树叶十分的茂盛,将它掩映在绿茵当中。

观察大门口,有三个卫兵持枪站岗,里尔想:看来这里无疑就是军事要地。他举起照相机对着东门照了几张照片,然后向北走去。

大约走了二三百米,里尔看到一块巨大的岩石深埋在地下,地面上裸露出一部分,有半米多高,而且有一个突出的尖部,他感到这是一个绝佳的定位点,而且比较隐蔽,不易被别人发现。

他从旅行包中掏出笔记本电脑,打开卫星影像地图,找到这块岩石的位置,看到这块岩石在卫星影像地图上很清晰。他利用图像处理手段在卫星影像地图上将这块岩石特殊地标记出来,并标注为"一号点"。

然后,他将卫星定位设备安置在岩石顶部,接收卫星信号,将显示的坐标作为一号点地理信息储存起来。

最后,他将照相机架在岩石顶部,对目标及周围连续拍摄了不同角度的照片,将从第一个采集点拍摄下来的建筑物和地貌存储在相机里,并用"一号点"对这组照片进行命名。至此,他完成了第一个点位地理信息的收集。

里尔收拾好东西,继续向北走,又走了大约三四百米,走到一座废弃的机井旁,看到一个钢筋混凝土铸造的水池,池中早已经干枯。

他坐在池边,从旅行包掏出电脑,打开卫星影像地图,在影像中找到这个水池的位置,利用图像处理手段标记下来,并标注为"二号点"。

他量测出水池的中心位置,在水池中心支起卫星定位设备,接收卫星信号,将显示的"二号点"坐标地理信息储存起来。

然后,他再次将数码相机支起来,对着目标及周围连续拍摄了不同角度的照片,并将这组照片命名为"二号点",从而完成第二个点位地理信息的收集。

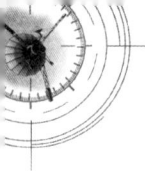

他再次收拾好东西，继续寻找下一个采集地理信息的最佳点位……

里尔完成多个点位的地理信息采集之后，逐渐接近了目标的北门，远远地向北门望去，也有三个士兵在那里持枪站岗。

他想：真是戒备森严啊，从它所处的位置和周围环境来看，确实是一个重要的军事目标。

为了不让哨兵发现，他不得不从远离大门的地方绕过去，开始下一段的地理信息采集。

…………

8

里尔在军事要地周边每隔几百米，就寻找一个标志性的特征点，用卫星定位设备测量特征点的坐标，然后从存储在笔记本电脑里的卫星影像图上找出特征点的相应位置，进行标注和编号，再对军事要地进行拍摄。

傍晚时分，里尔基本上完成了对这个军事要地地理信息的收集。

这时太阳已经落山，他看到光线明显地黯淡下来，不适宜再继续照相，准备收工。他暗暗窃喜这一天收获很大，自己所获取的地理信息，再经过计算机处理，就可以得到这个军事基地任何一个位置的精确地理坐标。

他想：今天在野外的定位和拍摄任务虽然完成了，但为了不暴露真实目的，这一天通过定位和拍摄采集的地理信息，绝大多数是沿途风景，这些地理信息是没有什么用处的。回到酒店之后，要对今天所收集的信息进行认真的整理，才能交给上级使用。

里尔打着自己的如意算盘，向越野汽车走去。他刚刚走近汽车，正要打开车门，张冲、武永智、燕青、楚玉明突然出现在面前。只见张冲对里尔亮出证件，表明身份，然后对他说："我们怀疑你涉嫌违反了我国法律规定，从事测绘活动，请你协助我们依法进行调查。"张冲心里想：他能不能听得懂我说的话呢？

见此情景，一瞬间里尔表现得目瞪口呆、惊恐万状，但是他也是有思想准备的。他之所以采集了大量的非军事要地景点的坐标和照片，就是为了一旦被抓获，有理由开脱。

里尔定了定神，用M省当地话说："我是一个旅游爱好者，看到这些地方景色很好，拍了一些照片，不知道拍摄照片也属于测绘。"

张冲一听，心里暗笑，他想：这个家伙原来会说我们的话，沟通就方便了。他接着问道："你除了进行拍照以外，还做了哪些事情？"

里尔回答说："我只是进行了拍照，没有做其他事情。"

楚玉明见里尔不承认所作所为，便将录像放给他看。当看到里尔选取标志性特征点进行定位的时候，张冲继续追问："你这些举动也是拍照吗？事实上，你是在使用卫星定位设备进行坐标测量。"

里尔看到录像，听了张冲的质问，无言以对，只好沉默。

张冲说："请你将卫星定位设备、照相机和笔记本电脑交出来。"

里尔无可奈何地从旅行包里掏出卫星定位设备、照相机和笔记本电脑。

楚玉明伸手从里尔手里接过来,对卫星定位设备和照相机进行初步检查,发现其中存储了大量的坐标数据和军事要地的照片。

张冲命令式地说:"上车,跟我们走吧!"

一会儿,几辆汽车从现场开到地理信息管理局,里尔被楚玉明和燕青带到地理信息管理局的一间询问室。里尔坐在椅子上,楚玉明、燕青坐他对面。

— 9 —

关胜派出武永智、燕青之后,也来到 M 省地理信息管理局丁得胜局长的办公室。

带回里尔后,张冲、武永智立刻来到丁得胜办公室向丁得胜、关胜汇报情况。

听取汇报之后,丁得胜对张冲说:"你负责对嫌疑人进行询问调查,楚玉明负责记录,关局长派武永智、燕青协助你们。"

张冲、武永智异口同声地说:"好。"

张冲、武永智来到询问室,各自坐下。

张冲对里尔说:"由于你涉嫌非法测绘和窃取我国秘密地理信息,现依法对你进行询问调查。"张冲直视着里尔,问道:"你的名字是什么?"

里尔回答道:"里尔。"

张冲接着问:"你的国籍是什么?"

里尔回答道:"我是 T 国人。"

张冲继续问:"从事什么职业?"

里尔回答道:"无固定工作。"

张冲问:"为什么来 M 省?"

里尔回答道:"到 M 省旅游。"

张冲说:"请出示你的护照和身份证明。"

里尔从旅行包里掏出护照和参加旅行团到 M 省旅游的有关资料,递交给张冲。张冲看后又转交给武永智等人查验,经鉴定是真实的。

张冲问:"你是什么时候来 M 省的?"

里尔答:"两天前。"

张冲问:"现住在哪里?"

里尔答:"M 省国际大酒店。"

张冲问:"你是否懂得测绘?"

里尔答:"不懂。"

张冲问:"你去过我国哪些地方?"

里尔答:"第一次来贵国。"

张冲问:"你旅游为什么携带手持卫星接收机?"

里尔答:"只是为了确认自己所到之处的位置。"

张冲问:"这部卫星接收机中的地理信息是你采集的吗?"

里尔答:"是。"

张冲问:"你是否知道使用卫星接收机采集地理信息是测绘

行为?"

里尔答:"不清楚。"

张冲问:"你为什么脱离旅行团单独来到这里?"

里尔说:"我对自然景色比较感兴趣,不愿将时间浪费在人文景点上面,所以脱离旅行团单独行动。"他的回答与向旅行团带团导游请假时的说法不一致,明显是在撒谎。

张冲问:"你的交通工具是什么?"

里尔答:"我租车。"

张冲问:"你在哪里租来的车?"

里尔答:"M省四方汽车租赁公司。"

张冲问:"你为什么来到军事要地进行定位和拍照?"

里尔说:"我沿着走过的道路观看景色,一边走,一边拍照,不知不觉就走到这里来了,我不知道这是军事要地。"显然,他又在撒谎。

张冲问:"你到军事要地进行定位和拍照是否受雇于有关机构或个人?"

里尔继续撒谎:"没有受雇于任何机构和任何人。"

其实里尔受雇于T国军事地理信息处,只是张冲、武永智暂时还没有办法获取里尔为T国军事地理信息处服务的证据。

张冲问:"你在军事要地进行定位和拍照是否经过我国有关机关同意?"

里尔答:"没有。"

张冲明确地告诉他:"根据我国法律规定,使用高精度测量型卫星接收机等设备采集地理信息属于测绘行为,外国人来我国进行测绘活动必须经过批准,并且要与我国有关机关或者单位合作,必须遵守我国法律,不得涉及国家秘密,不得危害国家安全。你未经批准,并且未与中方合作,擅自进行测绘,对我国军事要地进行定位和拍照,窃取国家秘密,你的行为违反了我国法律规定,现将你使用的测量仪器、照相器材、电脑等进行证据先行登记保存,对相关地理信息和影像进行技术鉴定。"

武永智接过张冲的话,说:"鉴于你触犯了我国法律,暂时不能离开这里。"

里尔很不情愿,但他心里很清楚,既然已经被抓获,只要不暴露窃取重要目标地理信息的真实目的,其他就只好听天由命。

张冲对里尔说:"今天的询问就到此结束,请你看一看询问笔录,如果没有问题请你在笔录上签名。"

楚玉明将询问笔录递到里尔手上,他认真地看了一遍,然后在需要他签字的位置签上自己的名字。

10

在里尔确认询问笔录的时候,张冲离开询问室,到办公室里填写了一份证据先行登记保存通知书,送给丁得胜签批后,加盖M省地理信息管理局公章。通知书的内容是:

里尔:

你涉嫌使用卫星接收机、数码照相机、笔记本电脑等从事非

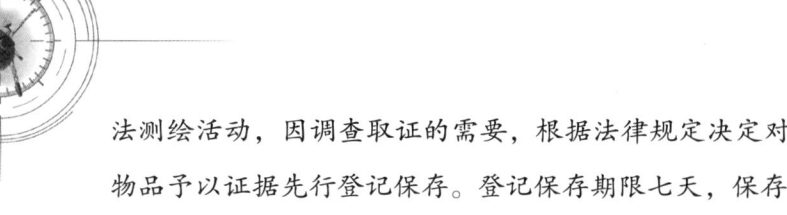

法测绘活动，因调查取证的需要，根据法律规定决定对你的上述物品予以证据先行登记保存。登记保存期限七天，保存地点是M省地理信息管理局。

M省地理信息管理局

××××年××月××日

张冲返回询问室，对里尔说："你涉嫌在M省从事非法测绘活动，我们将对你使用的卫星接收机、数码照相机、笔记本电脑中的数据进行技术鉴定，根据法律规定，对这些设备先行登记保存，这是通知书，请你收好。"

武永智对里尔说："由于你涉嫌从事违法活动，在事情没有调查清楚之前，请你暂时不要离开M省。"

武永智责成燕青开车将里尔送回酒店，并负责对其进行监控。

里尔的卫星接收机、数码照相机、笔记本电脑被暂时扣留后，关胜对丁得胜说："你们是专业机关，看来技术鉴定的任务只好交给你们了。"

丁得胜自信地说："没有问题，我们尽快委托鉴定机构进行检查鉴定。"

关胜见天色已晚，早已过了下班时间，询问任务已经完成，里尔也已被送走，便对丁得胜说："我们也回去了。"

丁得胜说："好，辛苦了！"

关胜说："同苦，同苦！"

关胜、武永智走后，丁得胜伸一伸腰，放松了一下，然后对张冲、楚玉明说:"我们也下班吧。"三人收拾一下,各自离开。

11

第二天刚上班,张冲立即填写了给鉴定机构的委托检查鉴定的委托函,报请丁得胜审批签字后,到办公室加盖 M 省地理信息管理局的公章。委托函写道:

某某鉴定机构:

近期,经群众举报,我局对 T 国人里尔未经批准擅自从事测绘活动进行调查,对其使用的卫星接收机、照相机、笔记本电脑等进行证据先行登记保存,请你机构对这些设备存储的地理信息以及性能进行鉴定,有关结果请尽快函告我局。

特此致函。

M 省地理信息管理局

××××年××月××日

张冲派楚玉明将委托函和暂扣的设备迅速送到鉴定机构。

一天以后,鉴定机构出具鉴定结论:经鉴定,里尔所持卫星接收机共储存 205 个地理坐标,其中 51 个位于某军事要地周边;笔记本电脑中储存 M 省地区卫星影像地图,其中某军事要地周边标注特征点位 51 个;照相机中存储大量照片,其中 51 组照片是对某军事要地的拍照。对这些坐标地理信息和实地拍摄的照片进行危害评估,结论是:里尔所获取的坐标地理信息和照片,如果

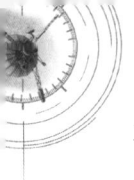

再与卫星影像结合，经过地理信息专业技术人员处理之后，可以推算出军事要地任何一个位置的精确坐标，这些精确坐标可以用于远程导弹对该军事要地实施精准打击。从里尔围绕军事要地进行多点定位和拍照，可以断定他不是简单地进行旅游活动，而是针对军事要地窃取秘密地理信息。

12

获取充分证据之后，丁得胜立即责成张冲起草案件调查终结报告，并将关胜请到M省地理信息管理局，对报告内容进行协商，达成一致意见，决定召开联席会议做出最终决定。

M省地理信息管理局和M省安保局联席审议了案件报告和有关材料，做出以下结论：

××××年××月××日，T国公民里尔在M省某驻军要地附近使用手持卫星接收机采集地理信息，涉嫌非法测绘，并涉及国家秘密。M省地理信息管理局会同安保局，对T国公民里尔涉嫌非法测绘行为进行调查取证。

经调查，里尔在M省旅游过程中，未报经地理信息管理局批准，擅自使用手持卫星接收机等设备采集地理信息，已构成非法测绘。

经鉴定，里尔携带的卫星接收机等设备中存储的点位地理信息覆盖M省某军事要地周围，这些地理信息均被认定为秘密。

T国公民里尔未经批准擅自进行测绘活动的行为，违反了我国的法律，应当依法对其进行处罚。根据法律规定，由 M 省地理信息管理局责令里尔停止违法行为，没收卫星接收机、照相机、笔记本电脑等从事违法活动的工具，以及上述工具中储存的地理信息，并罚款十万元；由 M 省安保局责令里尔限期离境。

13

对于里尔非法从事测绘活动、危害安全问题，M 省地理信息管理局对其做出处罚，M 省安保局对其做出限期离境的决定。

里尔接到行政处罚告知书后，对处罚决定不服，于是向 M 省地理信息管理局提出听证申请，M 省地理信息管理局依法举行了听证会。里尔与委托代理人一起出席听证。

听证是行政机关在实施处罚过程中，在做出决定前，由非本案调查人员主持，听取调查人员提出当事人违法的事实、证据和处罚建议与法律依据，并听取当事人的陈述、举证、质证和申辩的活动。

听证会在 M 省会议中心举行，在会议室正面的电子屏幕上显示着"行政处罚听证会"的字样，会议室中间的会议桌摆放成一个方形，可以容纳十几个人坐下来参加会议。主持人及六个听证员坐在会议室正面一排，案件调查人员坐在左边一排，案件当事人坐在右边一排，翻译和记录员等工作人员坐在其他空座位上。在一圈会议桌中间摆放着一个投影仪。

在听证会上，听证主持人介绍了听证员、翻译、记录员之后，

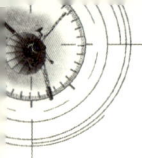

问道:"当事人是否对本案听证主持人、听证员、翻译、记录员提出回避申请。"

里尔回答说:"不申请。"

主持人高声说道:"现在听证开始。下面进行听证调查阶段,现在由案件调查人员提出当事人违法的事实、证据、处罚依据以及行政处罚建议。"

张冲、楚玉明、燕青作为案件调查人员参加听证会。听了主持人的话,张冲首先发言,说:"主持人,各位听证员、当事人,我是本案调查人员之一,名字叫张冲。下面我代表案件调查组向听证会介绍该案的违法事实、相关证据以及拟作出行政处罚的依据和建议。一是违法事实。××××年××月××日,我局接到举报,一名外国人在 M 省某部队附近使用卫星接收机采集地理信息,我局执法人员会同安保局工作人员立即赶赴现场进行调查取证,然后对其携带的卫星接收机、照相机、笔记本电脑进行证据先行保存,对这些设备中地理信息进行了鉴定。经调查,T 国公民里尔在 M 省旅游过程中,违法我国法律规定,未经地理信息主管机关批准,擅自使用卫星接收机、数码照相机、笔记本电脑采集 M 省地理信息,其中所采集的军事要地地理信息属于我国秘密。"

张冲说到这里,示意楚玉明、燕青将证据摆放在桌子上,接着说:"二是案件证据。以上违法事实的证据包括:T 国公民里尔使用的卫星接收机、数码照相机、笔记本电脑;上述设备中存储的地理信息;对这些地理信息的鉴定结论;询问 T 国公民里尔

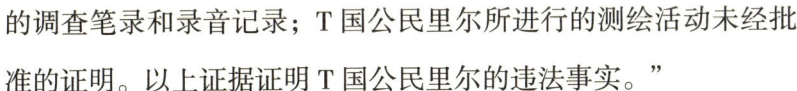

的调查笔录和录音记录；T国公民里尔所进行的测绘活动未经批准的证明。以上证据证明T国公民里尔的违法事实。"

环视一下大家，张冲继续说："T国公民里尔未经批准擅自在M省采集地理信息，并且涉及我国秘密，事实清楚、证据充分，拟依法做出下列处罚：责令其停止违法行为，没收卫星接收机、数码照相机、笔记本电脑等从事违法活动的工具，没收上述工具中储存的地理信息，罚款十万元，限期离境。介绍完毕。"

听罢张冲的介绍，主持人说："现在由当事人就案件事实进行陈述和辩解，提出有关证据。"

里尔听懂了主持人的话，翻译也用T国语言给他翻译了一遍。

主持人说罢，里尔的代理人说道："好，根据案件调查人员相应的陈述，我做以下辩解，请听证人员予以采纳。首先，经过我与当事人的沟通，证明他本人属于户外活动爱好者，他使用卫星接收机等设备进行地理坐标确认和外景拍照，并非从事测绘活动。我方认为，案件调查人员所说的非法测绘活动不属实。至于调查方所提供的相应检测报告和鉴定结论，我方认为不能够就此认为我的当事人是从事测绘活动。我方认为调查人员所说的处罚决定缺乏事实依据，请主持人对本案进行综合和全面的鉴定。完毕。"

里尔的代理人发言之后，主持人宣布："下面进行质证阶段，由案件调查人员和当事人双方互相出示证据。请工作人员将案件调查人员提供的证据向听证员和当事人出示，请案件调查人员对出示的证据做出说明。"

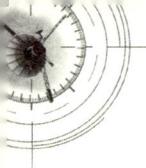

案件调查人员张冲站立起来,说:"我介绍一下证据。"

他拿起一个装订整齐的本子,对着大家说:"这是调查询问笔录。"

放下笔录,又拿起一张光盘,说:"这是调查询问录音。"

放下光盘,用手指着桌子上摆放着的设备,说:"这些是T国公民里尔采集地理信息使用的卫星接收机、数码照相机、笔记本电脑。"

他让工作人员打开投影仪,在大屏幕上显示出许多地理信息。他指着大屏幕说:"这是从这些设备中提取出来的地理信息和影像,请工作人员多翻几页。"工作人员按照张冲的要求,翻阅着页面,大屏幕显示出里尔采集的地理坐标、拍摄军事要地的照片、电脑中标注的采集地理信息的位置等。

看了地理信息投影之后,张冲接着拿起一个装订整齐的册子,有20多页,说:"这是对里尔采集的地理信息、影像的检测报告。在这份报告上,详细记载着他所采集的每一个地理信息的位置和精度,地理信息的平均精度达到0.2米。"

放下检测报告,他拿起一张证明,说:"这是国家地理信息主管机关出具的T国公民里尔所进行的测绘活动未经批准的证明。"

放下证明文件,张冲面向主持人说:"介绍完毕。"

主持人说:"当事人,你有相关证据要出示吗?"

里尔的代理人说:"我们要对这些证据进行质证,可以吗?"

主持人说:"现在由当事人对案件调查人员提供的证据进行质证。"

里尔的代理人说:"我对案件调查人员提供的证据进行质证,请求听证人员在听证过程中予以采纳。第一,对于案件调查人员的询问笔录,我方有异议。调查笔录是用贵国文字书写,在场并没有翻译人员,所以我对这份笔录的真实性存有异议,请求在听证过程中进行核实。第二,我方认为,使用手持卫星接收设备进行定位和拍摄数码照片,并不一定是测绘活动,请听证人员予以核实。第三,调查人员提供的地理信息检测报告需要进一步核实。以上是我方的质证内容。"

主持人说:"当事人没有提供有关证据,对案件调查人员提供的证据进行了质证,下面由案件调查人员对当事人提出的意见进行质证。"

张冲面对里尔的代理人,反问说:"我想问一下,你和你的当事人在沟通期间,有没有使用翻译?"

里尔的代理人有点发怔,回答说:"使用了。"

张冲问:"有记录吗?"

"没有。"

"你们用T国语言沟通?"

"旁边有人翻译。"

听了里尔的代理人的话,张冲说:"在我们与案件当事人用我国语言沟通时,发现他与我们沟通得非常好,完全不需要翻译。在做询问笔录的同时,我们进行了录音,可以从录音中查证当事人用我国语言进行沟通的能力。"

张冲拿起录音光盘,说:"请工作人员放一下录音。"

工作人员接过光盘，放到电脑里，将调查询问录音进行播放。会场上所有人员对T国公民里尔用在场所有人都能够听懂的语言进行表达的能力表示惊叹。

播放一段之后，张冲说："请工作人员关闭录音。"他转向当事人，说，"刚才我们提交了笔录，当事人在笔录上是签名了的，这一点不否认吧？"

里尔的代理人回答说："对。"

张冲说："在对当事人做询问笔录后，我们向他宣读了一遍，每一个字都对当事人解释得很清楚。当事人在签字之前，又认真地研读了几遍，然后才签上自己的名字。这是经过当事人签名的一份笔录，表明他已经看明白了笔录内容，并认可是当事人真实意思的表示，内容是属实的。"

T国公民里尔坐在那里，默默不语。他的代理人心里明白自己是在强词夺理，听了张冲的质证，自感理屈词穷，无法再进行反驳。

针对里尔的代理人提出的第二个意见，张冲说："当事人代理人提出T国公民里尔采集地理信息不属于测绘活动的问题，我必须严正地指出，根据我国法律，测绘是指对自然地理要素或者地表人工设施的形状、大小、空间位置及其属性等进行测定、采集、表述，以及对获取的地理信息、成果进行处理和提供的活动。使用卫星接收机进行位置测定，平均精度到0.2米，而且在卫星影像地图上进行人工标注，进行了表述。使用可量测相机采集地面人工设施的形状、大小、空间位置，这已经构成法律规定的测

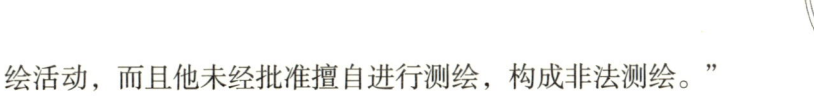

绘活动,而且他未经批准擅自进行测绘,构成非法测绘。"

听了张冲的说明,里尔及其代理人都感到对于从事测绘活动的认定也无法进行辩解了。

张冲继续说:"对于当事人代理人提出的检测报告有待进一步核实问题,我请听证员和当事人详细地看一下检测报告的全部记录。请工作人员将检测报告拿给每个听证员和当事人。"

工作人员按照张冲的要求,首先将检测报告的全部记录递给主持人,然后逐个传递到每个听证员和当事人手里翻阅。

在大家翻阅检测报告全部记录的同时,张冲继续说道:"在检测地理信息时,检测人员按照当事人在卫星影像地图上标注我国军事要地周围的地标物特征点的点位,使用专业测量仪器对部分点进行了实地测量,然后与当事人测定的地理坐标进行比较,再经过科学计算得出当事人采集的地理信息的平均精度达到0.2米。"

主持人说:"请问当事人对此是否还有异议?"

T国公民里尔及其代理人相互对视了一下,耳语一番,当事人代理人说:"没有了。"

主持人说:"好,质证阶段结束,现在进行最后陈述阶段,首先由案件调查人员做最后陈述。"

案件调查人员张冲说:"主持人,各位听证员、当事人,在处理涉外案件中,我们本着以事实为依据,以法律为准绳,坚持处罚与教育相结合的原则,对T国公民里尔在我国期间,未遵守我国法律的相关规定、未经我国有关机关批准、未在我国有关人员陪同下,擅自使用卫星接收机、可测量数码照相机采集我国地理信息,涉及我国秘密的行为依法进行查处。根据我国法律规定,拟决定责令其停止违法行为,没收卫星接收机、数码照相机、笔记本电脑等从事违法活动的工具,没收上述工具中储存的地理信息,罚款十万元,限期离境。行政处罚的事实清楚、证据充分、程序正当、结果合法。陈述完毕。"

主持人说:"现在请当事人做最后陈述。"

T国公民里尔的代理人说:"我方做如下陈述:首先,我代表我的当事人做一个说明,他本人并不知道自己的行为违反贵国的相关法律。作为外国人来说,对于贵国相关法律并不是非常清楚,这一点请求在听证过程中予以认证。第二,我的当事人仅仅是一个旅行爱好者,而在旅途中,为了自身安全而做出采集地理信息的行为,并不属于非法测绘,并且他的行进路线并不涉及安全或者秘密,不应当对此进行如此程度的处罚。陈述完毕。"

尽管T国公民里尔的代理人做这样的陈述,其实里尔本人心里非常清楚,为了完成这次收集地理信息的任务,他早已认真研究了相关法律,并做了充分的应对预案。

主持人说:"听证到此结束,请听证参加人员核对听证记录,核对无误后签名。"

按照主持人的要求,听证员、案件调查人员、当事人、翻译、记录员等都认真阅读了听证记录,然后分别签上本人的姓名和日期。

大家签名后,主持人说:"请听证员留下,其他人员退场。"除听证员外,案件调查人员、当事人、翻译、记录员、工作人员纷纷退场,主持人和六名听证员留下。

主持人对所有听证员说:"下面我们研究一下听证意见。刚才各位听证员见证了整个听证过程,经过调查、举证、质证、辩论、陈述等程序,各位一定形成了基本意见。我认为,T国公民里尔的违法事实清楚、证据确凿,M省地理信息管理局、安保局拟做出的行政处罚决定法律适用正当,应当维持原拟行政处罚决定。大家谈一谈看法。"

各位听证员一致赞成听证主持人的意见,遂形成行政处罚听证意见书:"××××年××月××日,在M省会议中心举行了关于T国公民里尔在M省非法测绘案件的听证会。听证员、当事人、案件调查人员参加了听证。听证员形成以下意见:T国公民里尔的违法事实清楚、证据确凿,M省地理信息管理局和安保局拟做出的行政处罚决定法律适用正当,应当维持原拟行政处罚决定。"

所有听证员在意见书上签字之后,反馈给M省地理信息管理局。

M省地理信息管理局和M省安保局联合办公会议根据听证会的意见,再次审议了对T国公民里尔违法测绘的行政处罚,决定维持原拟做出的决定。

于是,正式给T国公民里尔送达了行政处罚决定书。

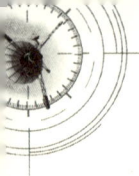

很快,行政处罚决定得到有效执行。

莱克又先后派出了几批人员,以探险、考古、地质考察、生态考察等多种名义采集 M 省重要目标的地理信息,都先后暴露了。猎点行动再次受挫,莱克又变换了新的手法。

第四章
斩断躲在幕后的黑手

―― 1 ――

一天清晨,一个二十多岁的年轻人,驾驶一辆小型汽车,从 M 省城里的一个小区出发。半个多小时后,他就驶出了市区,进入郊区。路两边都是农田,有水稻和玉米,也有一段路是沿着一条人工水渠修的,水渠宽有四五十米,两边绿树成荫,渠水平静地向南流去。

过了这段水渠,汽车继续前行,前面有一个村庄,公路穿过这个村庄。在路两旁有超市、饺子馆、烧饼驴肉馆、刀削面馆、理发店、日杂店等,路边便道上停着一些汽车、自行车、三轮车,不时地有人出入这些店面或餐馆。

穿过这个村庄,年轻人驾驶汽车沿公路继续前行,路上的车辆逐渐变少,路边的行人也越来越少,路两旁是大片大片的乱石滩。

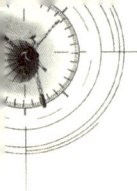

汽车在这样一段公路上大约行驶了二十分钟,前面又出现一个村庄。村子前面有个十字路口,年轻人将车停在路边,看了一下随身携带的地图,重新启动汽车向十字路口左转弯。大约走了一千米,他右打方向盘,驶进另一条公路。但他刚刚向前开了几十米,就被路边的几个戴红袖章的村民拦住。年轻人下车,大声质问村民:"你们为什么拦住我?"

其中一个村民打量了一下他,说:"前面是军事管理区,无关人员不能进入。"

年轻人不以为然地说:"谁说我要进去,到门口一游不行吗?"

戴红袖章的村民是附近村庄的治安巡逻员。虽然他们隐隐感到这个年轻人来此不像简单的到此一游,但一时间找不到合适的理由阻止他,只能让他继续前行。

年轻人驾驶汽车来到军事要地附近。下车后,他背上背包,大步向军事管理区走去。

走了一段路,他看到两名战士站在军事管理区门口执勤。他放慢脚步,有点犹豫:这两名战士看起来比想象中威严多了,看来不能轻易完成任务了。可如果不能采集到这里的地理信息,岂不是白来一趟。

思来想去,他决定就在军事要地附近选择标志性地物测定地理坐标和照相。

为了防止被执勤战士发现,他以树木、庄稼作掩护,沿着军事管理区周边寻找可以测定准确坐标的标志性地物。他看到一座高压电线的铁塔,有几十米高。铁塔占地面积八九十平方米,有四个支点，支点连线是个正方形，对角线相交正是铁塔的中心位置。

年轻人觉得这个铁塔可以作为标志性地物，位置也比较隐蔽，不易被发现。

他走到铁塔下面，放下背包，在附近找到一枝树枝，在铁塔下面从四个支点划出两条对角线，确定了铁塔中心位置。

他从背包中拿出相机，对靠近军事管理区大门的建筑物连续拍摄了多张照片。

拍摄照片之后，年轻人从背包中掏出手持卫星定位仪，正准备测定准确地理坐标时，从军事管理区快步走出两名战士，径直奔他而来。

为了维护军事要地的安全，防止有人非法进入军事管理区进行勘察、测量、录像、拍照等活动，军事管理区周围设置了一些监控装置，年轻人的举动完全被守候在监控室里的战士通过监控装置发现了。

看到肩背钢枪的战士来到面前，年轻人心里很是发慌，呆如木鸡般地等待战士问话。

两名战士看到这个年轻人随身携带的仪器设备，感到十分可疑。其中一名战士问年轻人："你来这里干什么？"

年轻人回答说："我是到这里拍照的。"

战士质问说："你知不知道这里不允许拍照？"

年轻人说："我不知道啊。"他没有说实话，当地村民刚才告诉他不能进到这里来时，他不以为然，只是想完成任务。

战士立刻对他说:"你对这里进行拍照,已经触犯了法律,必须依照法律进行处理,请你带上你的东西,跟我们到保卫部门去一下。"

两位战士带着这名年轻人来到军事管理区保卫部门,到达一个办公室,有两位保卫干事在里面办公。走到门口,一名战士喊道:"报告!"

保卫干事听到喊声,立刻说:"进来!"

战士推门进屋,那个年轻人跟着走进来。一名战士向保卫干事敬军礼,说:"报告,这个人擅对禁区进行拍照,我们将他带到保卫部,请指示。"

保卫干事说:"做得很好,将这件事交给我们处理吧。"

战士声音洪亮地答道:"是!"转身走出办公室,并关上房门。

保卫干事指着一个椅子对年轻人说:"坐下吧。"

年轻人心里忐忑不安,走到椅子旁边,将随身背包放在地上,轻轻地坐在椅子上面。

一名保卫干事对年轻人进行询问,另外一个保卫干事负责记录。

保卫干事询问:"你叫什么名字?"

年轻人不敢隐瞒,说:"我姓古,叫古元。"

保卫干事接着问道:"你来这里干什么?"

古元说:"我参加一项地理调查活动,这个活动需要寻找到有特点的建筑物,并在附近进行定位和拍照。这个地方的建筑是苏联风格建筑,很有特点,所以我才在此进行定位和拍照。"

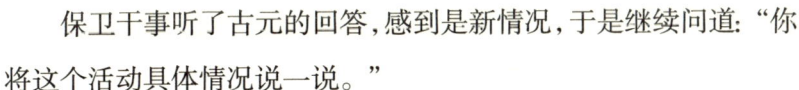

保卫干事听了古元的回答,感到是新情况,于是继续问道:"你将这个活动具体情况说一说。"

古元说:"我是一个地理文化研究机构的研究员,当前的任务是进行建筑文化调查。"他将自己来到这里的任务向保卫干事叙述了一遍。

保卫干事又问:"你用什么方式进行调查?你随身携带的设备是什么?请拿出来。"

古元打开随身背包,将卫星定位设备、照相机、笔记本电脑拿了出来,并将每个设备在调查中的用途简要地说了一下。

保卫干事接着问道:"这里是军事要地,不允许擅自进入,更不允许进行测量和拍照,你不知道吗?"

古元回答道:"我不知道。"

保卫干事听了古元的叙说,心想:这个事件属于违法测绘行为,有必要移交M省地理信息管理局搞清楚。他对古元说:"你已经触犯了《测绘法》的相关规定,你说的情况我们必须进行核实,并对如何处理这件事情进行研究。"

说完话,保卫干事走出办公室,来到另一个房间,拨通了M省地理信息管理局的举报电话。接电话的正是张冲,他拿起电话,说:"喂,你好。"

保卫干事说:"你好。我是××部队保卫部干事,有个人未经许可到我们这地测量和照相,需要请你们依法核实情况,并进行处理。"

听了保卫干事说的情况,张冲回答说:"好,我们马上过去,一会儿见。"

2

放下电话，张冲马上将此情况报告丁得胜局长。丁得胜立刻安排张冲和楚玉明前往调查。二人开着执法专用车，很快就来到军事要地的保卫部。保卫干事向张冲移交了古元的定位仪器、照相设备、笔记本电脑等，及对古元的询问材料。张冲和楚玉明带着古元回到 M 省地理信息管理局。

张冲和楚玉明仔细地阅读了 ×× 军事要地保卫部门对古元的询问材料，立刻意识到：这个人受人指使，到军事要地进行地理调查。他的行为除了违反《测绘法》之外，还涉嫌违反其他法律，要查清指示古元的人的真实目的。张冲迅速向丁得胜报告了情况，丁得胜要求张冲马上对古元进行询问，调查核实有关情况。

在 M 省地理信息管理局的询问室里，张冲和楚玉明向古元了解情况。张冲负责询问，楚玉明负责记录。

张冲问道："你叫什么名字？"

"我叫古元。"

"多大年龄？"

"二十六岁。"

"工作单位？"

"M 省地理文化研究办公室。"

"办公室地址在哪里？"

"×× 小区 11 号楼 17 层 8 室。"

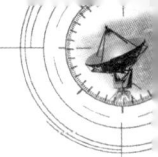

"办公室的负责人叫什么?"

"王玉普。"

"你们一共有多少人?"

"五个。"

"你们的工作任务是什么?任务来源于哪里?"

"我们当前的任务是调查 M 省的地理文化,我们五个人的任务都是由一个叫阿诺德的外国人直接布置,每个人有不同的分工。"

"为什么是外国人给你们布置任务?"

"阿诺德是一个研究地理文化的教授,我们这个地理文化研究办公室是阿诺德教授投资兴办的,目的就是搜集 M 省的地理文化信息。"

"阿诺德也在 M 省吗?"

"不在。"

"他不在 M 省,怎么给你们布置任务?"

"他在 T 国,他下达任务的方式是通过互联网将任务模块发给我们,我们就按照他的任务模块进行工作,然后将调查成果添加在他提供的模块上,再通过互联网发给他。"

"今天你为什么到军事要地?"

"完成阿诺德教授布置的任务。"

"具体是做什么?"

"阿诺德教授在提供给我的卫星影像地图上,明确地要求我调查这个地方的建筑风格。主要任务是:对这个地方的建筑物进行多角度拍摄,并且选择标志性地物进行拍摄,测量标志性地物的坐标,然后在卫星影像地图相应位置上进行标注。最后,将所有这些都加载在阿诺德教授提供的模块上,通过互联网发给他。"

"你知不知道这样做是违法的?"

"我不知道是违法的,但知道这地方是军事要地时,确实有些顾虑,担心完成不了任务。"

从古元交代的情况来看,张冲认为他并没有刻意隐瞒什么,可能知道的也就这些。于是,张冲让古元看了一遍询问记录,然后让他签上自己的名字。

张冲、楚玉明对古元携带的定位仪器、照相设备、笔记本电脑进行初步检查,发现了许多照片和定位测量数据。

完成上述这些工作之后,张冲将对古元询问的情况和对设备的检查情况迅速向丁得胜做了汇报,并将询问笔录拿给丁得胜看。

丁得胜、张冲、楚玉明均认为这件事情的背后一定有其他目的,阿诺德的真正目的可能是搜集 M 省重要目标的地理信息。

3

在 T 国一所大学里,一位叫阿诺德的教授创建了一个研究国际地理文化的机构。他的身份和研究机构被莱克和卡瑞看中,卡瑞以政府国际文化研究投资基金机构主管人员的身份,约阿诺德教授协商有关投资 M 省地理文化研究的项目。

约好的地点是一个临近大海的酒店,在楼顶的平台上,竖着一把很大的太阳伞,伞下摆放着一张方形的白色桌子,桌子两旁

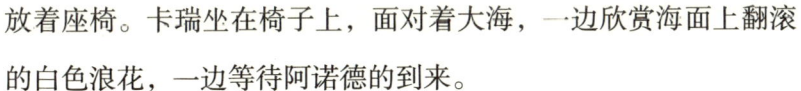

放着座椅。卡瑞坐在椅子上,面对着大海,一边欣赏海面上翻滚的白色浪花,一边等待阿诺德的到来。

卡瑞把这个楼顶平台包了下来,并让随行人员在周围进行了检查,以防被他人窃听谈话。

卡瑞是搞情报的,尽管没有见过阿诺德,但在这次见面之前就已经对阿诺德的情况作了调查,不仅了解了他的出身、经历、职业等,而且通过有关影像资料知道了他的外貌。在阿诺德向卡瑞走过来时,卡瑞已经认出了阿诺德。

卡瑞从座椅上站起身来,先向阿诺德打招呼:"您好,您就是阿诺德先生吗?"

阿诺德回答:"是的,您是卡瑞先生?"

卡瑞回答道:"是的,请坐。"

阿诺德坐在椅子上,卡瑞招呼随行人员将酒店服务人员叫了上来。服务人员轻声地问:"先生喝点什么?"阿诺德说:"卡布基诺。"卡瑞要了一杯巧克力摩卡。酒店服务员礼貌地说:"好的,请稍等。"说完,退出楼顶平台,卡瑞的随行人员也随之退了出去。

过了一会儿,服务员将咖啡送了上来,有礼貌地说:"请慢用。"随之退了出去。

二人一边喝着咖啡,一边聊着这次见面的主题。卡瑞说:"这次约阿诺德先生到这里来,主要是想与你商量一件重要的事情。我是政府国际文化研究投资基金机构的负责人之一,我们一直想投资研究 M 省地理文化,收集 M 省的一些地理信息。我们了解到阿诺德先生创建了一个国际地理文化研究机构,经过认真研究,

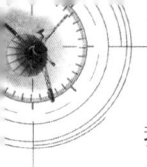

我们考虑给你的研究机构投资,请你在 M 省设立一个国际地理文化研究机构的分支机构。这个分支机构的任务,一方面按照你的研究项目开展工作,另一方面为我们收集所需要的地理信息。"

阿诺德听了卡瑞的话,感到这件事情有些神秘,问道:"你们需要哪些信息呢?"

卡瑞从阿诺德的眼神和面部表情,看出了他的疑惑,回答道:"需要哪些地理信息?我会在国际地理文化研究机构的 M 省分支机构建立以后具体提出,现在只需要你以地理文化研究的名义,尽快在 M 省建立分支机构。"

阿诺德心存疑虑,又问道:"一定要这样做吗?"

为了坚定阿诺德的决心,卡瑞说:"这是政府委托你做的事情,希望你积极配合。换个角度来看,这对于你来说,应当是一件好事,政府主动资助你的研究项目,可以保证你的研究项目更加深入和快速,希望你认真考虑。"

阿诺德从未接受过这样不明确的委托,心中更加感到不安。卡瑞看出他的犹豫,接着说:"实话告诉你,委托你做的这件事情属于国家的高度机密,必须在秘密状态下进行:一是不能对其他人说,万不得已的情况下只能说是你的研究任务,但绝对不能说为我们做事;二是在具体开展工作时,必须以完成 M 省地理文化研究项目为掩护,不得泄露受我们委托的事情。"

听到这里,阿诺德心里一惊。作为一个教授,他已经领会了卡瑞话里的意思,心想:虽然卡瑞没有说要做什么,不过他要我为政府做事,我不好推辞。而且此事风险不大,会受益不浅,接

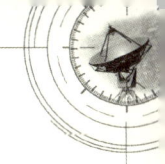

受为妙。

想到这里,阿诺德对卡瑞说:"我愿意合作。"

卡瑞见已经谈妥,感到一丝欣慰,对阿诺德说:"很好,我们可以谈具体细节了。这是一份地理信息清单,我们已经将这些地理信息的位置标注在卫星影像地图上。你必须特别保管和保密,要你这样做,不仅能保护我们,也能降低你的风险。你以研究M省地理文化为掩护,在M省设立一个国际地理文化研究机构的分支机构,将我们提供的任务融入研究调查中。你可以选择一个信任的人负责管理这个分支机构,但是我们之间的合作绝对不能让他知道。为了更有效地合作,我们与你个人建立一个网络通道,你将分支机构进行的M省地理文化调查的内容通过这个网络通道发送给我们。在M省进行调查研究所需要的经费全部由我们提供。你根据今天我们谈的情况,写一份项目策划书和做一个经费预算表交给我。"

听了卡瑞说的,阿诺德彻底明白了卡瑞要自己做些什么,但是他还是没有弄明白做这件事情的背景和目的,当然卡瑞也没打算让他知道,只需要他做事情就行了。阿诺德想:既然卡瑞不说做这件事的背景和目的,我也没有必要继续追问。政府委托的事情不会有什么错误,按照他说的做就是了。于是,阿诺德回答:"好的,我马上拟一个方案,送你审批。"

卡瑞听了阿诺德的回答,心里很高兴,说:"好的,方案和预算通过之后,我会将全部费用转账到你提供的账户上。今天我们就谈到这里,希望我们合作愉快。"

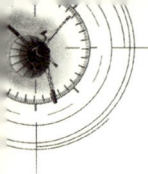

卡瑞站起身来，伸出右手与阿诺德握手。阿诺德也赶快站了起来，伸出自己的右手。卡瑞说："再见！"

阿诺德跟着说："再见！"

说完，卡瑞迈开脚步向门口走去，离开了这个可以观赏大海的楼顶平台。但阿诺德没有马上离开，他走到平台的边上，手扶栏杆，眺望大海。此刻，他心情复杂，只见海面上翻滚着一层连着一层的浪花，如千万匹脱缰狂奔的烈马，"哗哗"地扑向沙滩上，随后静静地退去，马上又有一浪扑向沙滩。他看了好一会儿，心情渐渐平静下来。

4

猎点行动屡屡受挫，莱克需要采取新的手段获得他国重要地理信息。他绞尽脑汁，试图找到更好、更快、更有效地获取重要目标的地理信息的方法。

莱克坐在办公桌后面那个可以升降和转动的真皮座椅上，仰面朝天，闭上双眼，用臀部不停摆动座椅，苦苦思考着下一步应当怎么办。突然，他脑海里蹦出一个新主意：我们本国人做这件事情难以成功，能不能换个思路，找一些M省当地人帮助我们完成这件事呢？想到这里，他马上将自己的想法告诉卡瑞，并责成卡瑞策划新方案。

接到莱克的指示后，卡瑞立即将艾迪斯、玛丽、里尔等几人叫到自己办公室商量对策。在他的办公室里，有一个小型会议桌，卡瑞端坐在会议桌旁的座椅上等候他们的到来。这几个人相继进来，并在小型会议桌旁的座椅上坐下。

卡瑞见参加会议的人员已经到齐，清了一下嗓子说："今天将各位找来，是研究继续实施猎点行动的措施。大家知道，我们连续采取的行动都宣告失败，说明实行猎点行动存在不少的阻力和障碍。刚刚莱克处长就猎点行动提出了新思路：找一些M省当地人帮助我们做这件事。大家商量一下具体措施。"

玛丽看着卡瑞，说："我先说吧。前一段时间，我们以旅游等名义派去M省实施猎点行动的人员先后被发现。可见再采取直接派出人员实施猎点行动的做法是不可行的，所以我们必须想办法利用当地人来帮助我们实施猎点行动。但是以何理由利用，组织哪些人实施等，需要慎重考虑。"

艾迪斯接过玛丽的话说："我曾经研究过这个国家对地理信息进行管理所制定的法律法规，对于重要的军事目标地理信息，即便是M省本地人也是不允许擅自进行测量、勘察、拍照的。所以，即便是利用M省当地人做这些事情，也必须采取隐蔽的做法，绝对不能暴露我们的真实目的。所以，我们必须躲在幕后进行指挥和遥控。"

听到艾迪斯说到"遥控"这两个字，里尔似乎来了灵感。他说："我觉得'遥控'这个说法太好了。现在有些大学设置了国际地理文化研究机构，这些机构在开展世界地理文化研究的过程中，需要收集一些自然和人文地理信息，这一点正是我们可以利用的。"

里尔说到这里，玛丽似乎也来了灵感，抢着说："我们可以

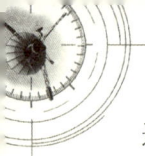

通过这样的机构为我们完成猎点行动。好办法!"

卡瑞也插话说:"里尔,谈一谈你的具体想法。"

众人的认同,使里尔情绪高涨,他提高嗓门说:"我们在全国各大学里物色一名研究世界地理文化的教授,以他的名义设立一个国际地理文化研究的学术机构,并给予这个机构全额资助,让这个机构以开展地理文化研究为名,在M省设立分支机构。然后,打着招聘M省地理文化研究人员的旗号,招募一些熟悉计算机应用,有专业学科背景的人员,让他们成为机构中的研究员。有了稳定收入,这些人就会按照要求做事。我们指挥这个国际地理文化研究机构,该机构遥控M省分支机构,我们军事地理信息处的一切意图,全部通过这个国际地理文化研究机构,以地理文化研究的名义下达给分支机构去实施。分支机构所获得的地理信息通过互联网发送到这个国际地理文化研究机构,该机构再将猎点行动所需要的信息发送给我们。"

卡瑞听到这里,已经完全明白了里尔的意思,他兴奋地说:"这个办法好,就这么办。在做这件事情的过程中,我们不必让这个国际地理文化研究机构了解我们的真实目的,只需要他们按照我们的要求做事。至于国际地理文化研究机构设在M省的分支机构,他们只要知道所做的工作是以研究M省地理文化为目的就足够了,不必让他们了解更多事情。假如国际地理文化研究机构在M省的分支机构采集军事目标地理信息的行为被调查和处理,也不会暴露猎点行动。我们自己人全部不在M省,对方也无法查办我们。我们就按照这思路拟定计划,报请莱克先生批准。"

卡瑞对参加会议的几个人进行了分工，让他们分别落实有关事项。很快，一个继续实施猎点行动的阴险、狡猾、毒辣的计划出台了。这样，一个由军事地理信息处在境外通过互联网遥控手段获取地理信息，然后通过网络传输到境外的行动启动了。艾迪斯负责接收、下载、存储发送回来的地理信息，然后再从互联网上删除。采取这种方法，具有极强的隐蔽性，一旦暴露，猎点行动的组织者也不会被查处。

5

几天之后，卡瑞约见阿诺德。阿诺德将项目方案报送给卡瑞，内容基本上是按照卡瑞所说的拟订。卡瑞收到方案之后，在上面补充了一些内容，打印成正式文本，然后报给莱克审批。莱克同意这个方案，要求卡瑞认真地组织落实好这次的行动。

卡瑞再次将阿诺德找来，双方就这个项目方案签订合作协议书，卡瑞将经费付给阿诺德。自此，由莱克和卡瑞主导的新"猎点行动"正式启动。

6

在与卡瑞签订了合作协议，并且收到卡瑞拨付的经费之后，阿诺德开始实施与卡瑞商定的方案。

这件事情要从哪里下手呢？阿诺德想：在M省设立分支机构，我不可能亲自到M省去做这件事情。一来我对M省当地的实际情况不熟悉，二来我在大学里的工作也不可能允许我脱身去M省。

更重要的是，如果我亲自去 M 省办分支机构，不利于保密，一旦卡瑞委托的事情暴露，自己也无法脱身。这件事情最好找一个当地人去办，所有的事情都由他来出面，我只要躲在幕后就可以了。

想到这里，他开始物色协助他在 M 省设立分支机构的人员。

阿诺德是大学教授，经常会接触到 M 省到他所在大学进修学习的人员或者访问学者。他经过认真的分析，看中了一个叫王玉普的人。王玉普来自 M 省某研究机构，是到阿诺德负责的国际地理文化研究机构短期学习的，参与了阿诺德关于 M 省地理文化的研究工作。

这天，阿诺德将王玉普叫到自己的办公室，准备和他商量在 M 省设立地理文化研究分支机构。王玉普应约前来，举起右手，轻轻地敲了两下阿诺德办公室的房门：咚咚！阿诺德听到声音，说："请进！"

王玉普推门进来，说："教授，你好。"随手关上房门，向阿诺德教授走来。

阿诺德见是王玉普进来，就从办公桌后的座椅上站起身来，说："王先生，你好！"他用手指着办公桌对面的座椅，说："请坐。"

王玉普说："谢谢！"坐在椅子上。阿诺德拿起水杯，为王玉普倒上一杯水，王玉普赶快从教授手里接过水杯。阿诺德坐在自己的座椅上，对王玉普说："今天请你来，主要是想和你协商一下 M 省地理文化研究项目。你也曾经参与了一些 M 省地理文化的研究，了解一些进展情况，我们沟通起来就方便了。从我们研究进展情况来看，我们必须要在 M 省进行一些实地调查工作，特别是对于地理状况、生态环境、风土人情、文化遗产、社会发展等多方面进行实地调查。为做好研究工作，我考虑在 M 省设立一个地理文化研究的分支机构，想听一听你的看法。"

王玉普听到阿诺德教授这样说，表明他对自己很是信任。他想：他为什么要对我说这件事情呢？有可能是想让我帮他做这件事情。如果是这样，对我来说应当是一件好事，是一件可以名利双收的事情。想到这里，他回答说："教授的想法非常正确，如果要深入地研究 M 省地理文化，必须到 M 省开展实地调查工作，而且这种调查需要较长时间，需要投入一定的人力、物力、财力，在 M 省当地设立一个机构是最好的选择。"

听了王玉普这样说，阿诺德继续说："你来自 M 省，对当地情况比较熟悉，我考虑请你协助我做这件事情，你觉得如何？"

王玉普回答说："我愿意帮助教授完成研究，那我能做些什么呢？"

阿诺德见王玉普愿意做这件事情，就进一步对他说："我将这个机构的筹建工作全权委托给你，我支付机构建设所需要的全部经费，当然包括你个人的酬金。"

王玉普说："请你谈一谈具体想法吧。"

阿诺德说："我的考虑是，在 M 省的机构名称确定为 M 省地理文化研究办公室，由你来担任办公室主任。办公室的工作任务由我来给你下达，你们只要根据我的要求开展工作即可。现在的任务就是先在 M 省租几间办公室，招聘几个具有相关知识的人员,配置一些必要的调查设备,如计算机、定位仪器、照相器材、办公家具等。你可以拟定一个计划,做一下经费预算,然后我将经费拨付给你。"

王玉普说:"好的。"

阿诺德说:"我们今天就谈到这里,你抓紧时间提出计划。"

王玉普站起身来,说:"好的。再见,教授。"然后走出阿诺德的办公室。

作为短期来这里学习的人员,王玉普仍然需要在T国待上半个月。在这段时间里,他拟定了一个设立M省地理文化研究办公室的计划,报给阿诺德,也很快得到了阿诺德的同意。

7

十几天后,王玉普从T国返回M省,着手筹建M省地理文化研究办公室。他先租了一套单元楼房作为办公地点,同时租了一套楼房作为M省地理文化研究办公室人员的宿舍。然后,他用阿诺德给的筹办费用购置了设备和办公用具,其中包括五台台式电脑、五部笔记本电脑、五台数码相机、五台卫星定位设备等,当然还有桌椅、沙发、文件柜以及其他必需的用具。最后,他以个人的名义购置了一辆越野汽车。

这些东西准备齐全之后,王玉普开始招聘工作人员。阿诺德要求王玉普先招聘四个雇员,如果人员不够,以后再进行补充招聘。他们所招聘的人员,都是熟悉计算机应用、具有相当专业文化知识的人员。

阿诺德雇佣的这些人，包括王玉普在内，他们只是知道在 M 省开展地理文化调查，搜集 M 省地理信息，是为研究 M 省地理文化进行工作，是一项高尚的事业，而且是一份高收入的工作，他们都为自己能有这样一份工作而沾沾自喜。

但是，他们并不知道在地理文化调查的背后还有其他背景和目的，不知道自己所要从事的工作的危害性，更不知道是 T 国军事地理信息处在背后操纵他们的行动。

8

对于招聘雇员，阿诺德亲自来到 M 省进行招聘人员面试和培训。

当阿诺德专程从 T 国来到 M 省时候，王玉普开上新购的越野汽车到机场将他接到 M 省地理文化研究办公室附近的一间五星级宾馆。安排好食宿后，王玉普对阿诺德说："教授，您先休息一下，我就不在这里打搅您了，有事情您给我打电话。"

说完，王玉普走出阿诺德的房间，来到停车场，驾车回到 M 省地理文化研究办公室。

阿诺德在宾馆里休息几个小时后，看看手表，时间是下午三点，觉得时间还早，他拨通王玉普的手机。听到手机发出的来电声音，王玉普从上衣口袋里掏出电话，见是阿诺德的来电，赶快接通，说："教授，您好。"

阿诺德对王玉普说："王先生，请你现在到我这里来一下。"

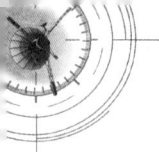

王玉普回答说:"好的,我立刻过去。"

挂断电话,王玉普立即开上越野车来到宾馆。他在停车场停好车,走进宾馆大厅,乘电梯来到阿诺德所在楼层,走到他所住客房的门口,轻轻地敲了两下门。

阿诺德听到敲门声,就从沙发上站起身来,走到门口,打开房门,见到王玉普站在门口,客气地说:"王先生请进。"

走进客房,阿诺德邀请王玉普坐在沙发上,自己也坐下来。他对王玉普说:"王先生,这段时间你辛苦了,我们沟通一下 M 地理文化研究办公室的工作,你先说一说情况。"

王玉普说:"好的。我按照您的要求,租借了办公用房和住宿用房。也按照您的要求购置了必要设备和办公用品,包括台式电脑、笔记本电脑、卫星定位仪器、数码相机、越野汽车、办公家具等。购置设备和办公家具之后,我就在网络上发布了招聘启事,截止到现在已经有几十个人报名。根据您确定的具有大学学历,地理学、历史学或计算机相关专业毕业,熟练使用英文,熟练掌握计算机技术,身体健康,近一年内毕业的男生等要求,我从其中筛选出十二个人,请您来面试和考察。按照您的要求,招聘人员面试的时间安排在明天上午九点。"

听了王玉普的汇报,阿诺德说:"很好,我们到办公地点看一下吧。"

二人下楼,走出宾馆,上了越野汽车,王玉普开车,几分钟就来到了一个小区。小区的环境很好,也较安静、不嘈杂,有几栋高层楼房,但出入的人并不频繁。阿诺德想:这个地方还是不错的,比较隐蔽,不易引起关注。

王玉普在一栋楼下的停车场将车停下,两个人从车上下来,王玉普锁好车门,带着阿诺德走进楼门,按了一下上行电梯按钮。电梯门很快打开,二人走进电梯,王玉普按了十七层楼的按键,告诉阿诺德教授说:"我们的办公室和宿舍都在十七层。"

阿诺德随着王玉普来到位于十七层的"M省地理文化研究办公室"。走进房间里,阿诺德看到办公室是由一套三居室的住宅简单装修而成,房间内很清洁,客厅里摆放着一个小型长方形会议桌,桌子周围有一圈座椅,在一个角落里放着一个饮水机。王玉普对阿诺德说:"这个客厅打算作为会议室。"

走进一个房间,里面放着一张办公桌、一个座椅、一个文件柜、一个书柜,办公桌上摆放着一台电脑。王玉普对阿诺德说:"这是我的办公室。"

走进另外两个房间,每个房间里分别放着两张办公桌、两个座椅、两个文件柜、两个书柜。王玉普对阿诺德说:"这两间房是招聘的几个调查人员的办公室,每个房间两个人。"

看了办公室,王玉普又带着阿诺德去看了员工宿舍。巡视一遍之后,阿诺德非常满意,对王玉普说:"很好。你将收到的报名材料给我看一下。"

二人回到办公室,王玉普从口袋里掏出钥匙,打开文件柜,从柜子里将招聘人员的报名材料拿出来,分开两部分放在会议桌上，他指着较少的一部分对阿诺德说："这是我从中筛选出来的十二份报名材料。"他指着较多的一部分说："这是其余的报名材料。"

阿诺德坐在椅子上，先仔细地翻阅一下筛选出来的十二份材料，意在了解一下明天将要参加面试的应聘人员的情况，然后又粗略地翻阅了一下其他材料，对王玉普筛选出来的人表示认可。

9

翌日，参加面试的人员按照要求的时间来到M省地理文化研究办公室，阿诺德和王玉普对十二个人进行了一一面试和考察。阿诺德除了考察应聘人员的能力和水平以外，还重点考察了他们的性格、脾气、心理素质，因为他不仅需要雇佣人员聪明、勤快、有能力、有水平，而且需要他们具有沉稳的心理素质和低调不张扬、不善炫耀的性格。还有一个重要条件，就是他们要持有汽车驾驶执照，因为路途较远的调查需要开车去目的地。

经过严格的测试，最后录用了四个人。至此，阿诺德的M省地理文化研究办公室算是基本搭建起来了。这个办公室的主要任务是按照阿诺德的安排进行M省地理文化调查工作，当然包括卡瑞交给他的任务，只不过他将卡瑞交给他的任务融入到了他的地理文化调查当中，以便于隐蔽和保守秘密。

但是，阿诺德不在这个办公室担任任何职务，这里也没有他的办公室，他的办公地点仍在T国。他不会在M省亲自指挥，而是通过网络进行幕后操纵。他这样做的目的就是一旦出现问题，便于脱身。

M省地理文化研究办公室成员共有五个人，即王玉普和新招聘的四名雇员，阿诺德委任王玉普为办公室主任，负责日常事务性工作。对于地理文化调查工作，由阿诺德亲自负责任务安排和成果接收。他对王玉普说："你担任M省地理文化研究办公室主任，负责管理日常事务、财务等。在地理文化调查工作方面，由我向办公室的每个人直接分配任务，每个人所获得的成果直接交给我。现在已经准备的台式电脑、笔记本电脑、数码照相机、卫星定位仪器等设备，办公室成员每人一套。在他们正式入职后，你负责分配一下。"

10

两天后，接到录用通知的四个雇员来到M省地理文化研究办公室入职报到，王玉普给每人安排了办公室、宿舍，并给每个人配置了一套办公设备。然后，阿诺德召开办公室成立会议。阿诺德、王玉普和刚刚雇用的四个雇员在会议桌周围落座，王玉普主持会议。

在招聘面试的时候，王玉普并没有将阿诺德向参加面试的人员进行过介绍，所以在这次会议上，王玉普首先将阿诺德进行了介绍。他面向阿诺德，对与会者说："这位是阿诺德先生，是T国著名教授，地理文化研究的专家，也是我们这个地理文化研究

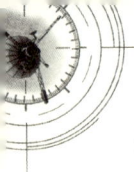

办公室的老板。"大家鼓掌!

王玉普接着说:"我叫王玉普,受阿诺德教授的委托,担任M省地理文化研究办公室的主任。"大家鼓掌!

王玉普接着对新招聘的几个雇员说:"请你们每个人介绍一下自己。"

新招聘的四个雇员先后介绍自己的姓名、经历、爱好等,达到了大家相互了解的目的。

大家自我介绍完之后,王玉普说:"下面请阿诺德教授为我们讲话,大家鼓掌欢迎。"掌声响起。

阿诺德示意大家停止掌声,用英文对大家说:"欢迎大家加入我们这个团队,今后我们将在一起共事,成为同事,希望我们合作愉快。从今天开始,大家就算是正式入职了,希望大家在各自的岗位上尽职尽责,积极完成工作任务。你们的工作将是很光荣的,因为你们的工作成果将载入史册。你们的工作也是十分严肃的,不可马虎从事,要认真对待每一件事情。如果你们的工作出现错误,就有可能成为历史性的错误,有可能影响千百万人,甚至后代人。对于如何开展工作,我将对大家进行培训。"

他的这些话,既是从他的地理文化研究需要出发,也是为了完成好卡瑞交给他的任务。

由于在招聘雇员时,熟练使用英文是一个必要条件,所以这些雇员都能够听懂阿诺德的讲话。

阿诺德讲话之后,王玉普说:"感谢阿诺德教授在M省地理文化研究办公室成立会上的讲话,既阐明了地理文化研究办公室的任务,也指明了我们工作的重要意义,我们将按照教授的要求去做。"

接下来的几天时间,阿诺德对招聘的雇员进行培训,培训内容包括:卫星定位设备的使用方法、卫星图像的判读、地理文化调查的方法、调查成果储存方法、从互联网上接收阿诺德分配的任务和通过互联网向远在T国的阿诺德发送成果的方法等。

在培训过程中,阿诺德明确地告诉这些雇佣人员,说:"地理文化调查是一项非常庞大的工程。为了便于资料整理,我在通过互联网给你们下达任务的时候,所有需要你们调查的内容都采用编码的形式。你们在通过互联网给我发送调查成果时,也必须采用编码的形式,不得直接用文字表示。"

阿诺德将事前编制的调查编码手册发给每个人,然后对他们说:"你们必须认真地记住这些编码,将它们记在心里,做到在进行地理调查时,不带编码手册,也能够知道所调查的内容编码是什么。"

阿诺德通过这种编码手段,确保任何一个不接触这项工作的人看不懂其中的内容,即便在通过互联网传输过程中被黑客攻击,也不可能了解其中的奥秘。

阿诺德给M省地理文化研究办公室的每个人设定了一个电子邮箱账户,要求所有雇佣人员的地理调查成果都要通过各自的电子信箱直接发送给远在T国的阿诺德本人,不需要王玉普所负责

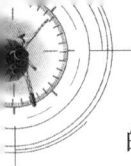

的 M 省地理文化研究办公室进行统一汇总。

当这些雇佣人员掌握了基本技能以后,阿诺德给他们规定了工作流程、工作制度和严格的保密纪律,让他们熟记于心。

一切准备妥当,阿诺德告别 M 省地理文化研究办公室王玉普等人,乘飞机回到 T 国,开始远程遥控 M 省地理文化研究办公室的地理文化调查。在临行前,他指示王玉普说:"除了已经购买的这辆越野汽车以外,你再给他们每个人配备一辆比较经济实用的微型轿车,以便野外调查使用方便。"

很快,王玉普就购买了四辆小型轿车,分别派发给所雇佣的其他几个雇员。

11

阿诺德回到 T 国,随即通过互联网给 M 省地理文化研究办公室的每个成员下达了任务。他下达的第一批任务是进行 M 省地理调查,调查内容包括地名、人口、民族分布、自然资源、行政机构、河流水系等具体情况,以及 M 省的传统建筑和现代建筑的分布、风格、特征等。所调查的建筑具体包括亭台楼阁、宫殿庙宇、厅堂馆所、民居村落、重要设施等。

他要求调查人员对所调查的建筑进行摄影、定位、描述等。

他通过互联网给每个人发送用于编辑地理信息的计算机系统模块,模块包括地名编码、地名、地名类别、地理坐标、地名文字说明、影像等十多项地理信息。

阿诺德要求调查人员不但要对模块上的地理信息进行补充完善，还要将收集到的新地理信息按照多项分类添加模版。

根据卡瑞给他的任务，阿诺德以地理调查的名义，将猎点行动需要的地理坐标和重要军事目标地理信息添加到计算机系统模块上，在这些模块上包含需要测定的地理坐标点和需要调查的重要军事地理信息的卫星影像。当然，这些内容是隐藏在大量的其他内容当中的。

阿诺德给每个人划定一个负责的区域，相互之间不重叠。他向调查人员发出指示："你们的工作完成之后，根据你们采集到的地理信息，经过编辑处理后，只要点击地理名称，就可以显示它所处的位置、地理坐标、周围环境、详细说明等，要达到的效果就是小到一个旗杆的位置都能随时在地图上找到。所以，你们在收集信息时不要遗漏任何一个地点。"

阿诺德要求调查人员每天写工作日志，不定期地通过网络报送，以便他掌握调查进展情况。

为对收集工作进行具体指导和监督，阿诺德每周五召开一次网络视频会议，雇员们通过互联网汇报各自的工作进展情况以及存在的问题，阿诺德根据大家报告的情况，再部署新的任务。可见，阿诺德的安排是极其周密的。

在卡瑞的幕后指挥下，由阿诺德导演的为猎点行动服务的所谓 M 省地理文化调查开始了。这是一个"一箭双雕"的行动，既满足了阿诺德进行 M 省地理文化研究的需要，也满足了莱克和卡

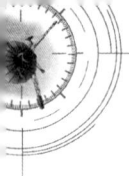

瑞猎点行动的需要。

M省地理文化研究办公室的每一个人也是受益者,因为他们不仅实现了自己的理想,还拿到了阿诺德支付给他们的高薪。在他们对于M省地理文化调查背后的真正目的还蒙在鼓里的时候,就已经成为猎点行动的帮凶。

— 12 —

行动开始了!阿诺德的雇员们按照指令,根据事先划分的区域,以阿诺德提供的卫星影像圈定地点为重点,设计好行进路线,每天进行着地理信息采集工作,并随时进行编辑整理,通过互联网向阿诺德传送。

经过一段时间的地理调查,阿诺德获得了M省地域大量的地理信息,包括许多地名、民族分布、自然资源、河流水域、行政机构、各类建筑、隧道桥梁,甚至一些重要设施,并且获得了大量地理坐标。

阿诺德不断将卡瑞所需要的地理信息提供给军事地理信息处,卡瑞也不断给阿诺德布置新的任务,提出新的要求。阿诺德将新的任务及要求及时地纳入M省地理调查内容,交给M省地理文化研究办公室实施。

M省地理文化研究办公室的几名雇员所接受的地理调查任务越来越困难,调查的地点越来越接近被法律禁止的区域。对于那些敏感地区的调查工作进展缓慢,阿诺德非常不满意。

按照每周五下午召开网络视频会议的安排，几名雇员准时开网络视频，向阿诺德报告工作。每当听完报告之后，阿诺德总是对地理调查进展情况提出批评，认为他们提供的地理信息过少，不全面、不细致。

13

一次，卡瑞要求阿诺德对 M 省的一个军事要地进行拍照和测定地理坐标。阿诺德按照卡瑞的要求，安排 M 省地理文化研究办公室的古元到该军事要地去进行拍照和使用卫星定位仪器进行定位，并要求他必须完成任务。

虽然，古元对军事要地不能进入、不能进行定位测量和拍照的规定略知一二，但是对这样做的危害性和问题的严重性没有足够的认识。他认为，自己偷偷地在军事要地外面拍照和进行卫星定位不会被发现，即便被发现了也没有什么大事。

张冲和楚玉明对古元问询后，认为 M 省地理文化研究办公室的行为属于违法测绘行为，必须进行查处。于是，他们立即向丁得胜汇报情况。丁得胜考虑到还有可能存在违反保密和军事设施保护等法律，认为这件事应当与关胜沟通一下情况，请 M 省安保局介入案件调查。想到这里，他立即给关胜打电话，通报了情况，提出联合调查的建议。关胜同意丁得胜的建议，经过磋商，丁得胜和关胜决定联合对 M 省地理文化研究办公室驻地进行检查和调查取证。关胜立即责成武永智和燕青介入调查。接到关胜的指示，

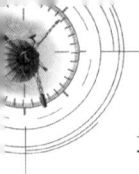

武永智和燕青立即驾车直奔 M 省地理信息管理局。

在去 M 省地理文化研究办公室调查之前，张冲和楚玉明再次对古元进行询问。他们了解到 M 省地理文化研究办公室有个纪律：车辆、笔记本电脑、定位仪器、照相设备等不得在办公地点之外的地方过夜。每天上午八点之前，办公室的所有人员从办公地点带上设备、开上车辆去进行地理调查。每天下午五点之前，办公室的所有人员必须回到办公地点，整理当天的调查成果，并将成果加载在阿诺德提供的模块上，然后通过互联网发给阿诺德。

张冲对古元说："我们决定对 M 省地理文化研究办公室进行检查，请你给我们带路，你是否愿意？"

古元想到这是减轻自己罪责的机会，赶紧表示说："我可以给你们带路。"

了解这些情况之后，张冲对古元说："你暂且等一下，我们商量好去检查的时间再来找你。"

在张冲和楚玉明再次询问古元的时候，武永智和燕青来到 M 省地理信息管理局，并在张冲的办公室里等候。

从询问古元的询问室出来后，张冲和楚玉明来到张冲的办公室，见到武永智和燕青，不约而同地说："欢迎两位。"

武永智和燕青从座椅上站起来，说："你们好，辛苦啦。"

四个人相互握手之后，张冲说："两位请坐，我先给你们介绍一下情况。"说着，张冲将对古元的询问笔录递到武永智手上，并说："这是询问笔录，你们先看一下。"

武永智接过询问材料，边看材料，边听张冲介绍情况。

张冲说："中午的时候，我们接到××军事基地的电话，向我们举报有人未经许可，擅自对军事管理区进行拍照和测绘，希望我们进行调查。我们将人带回询问，询问情况都在这份材料上了。"

张冲说到这里，停下来，等待武永智将材料看完。

武永智看完材料，并将材料递给燕青。张冲接着说："我们考虑，这个人的行为不仅是违法采集地理信息，可能还存在违反其他法律，所以请你们过来一起商量。我们的意见是尽快到M省地理文化研究办公室进行检查和调查取证。"

武永智说："我们完全赞成你们的意见。为了充分了解情况和获得证据，我们一是要快，不要等他们发觉我们已经在调查的时候再去；二是去的时间尽量选在究办公室所有人员都在办公地点的时候，以便将所有情况了解清楚。"

张冲说："我们刚才询问了带回来这个人，今天下午五点他们所有人员将回到办公地点，所以我们最好选择在五点到五点半之间到达M省地理文化研究办公室所在地。"

武永智看了一下手表，时间是下午四点零五分，对张冲说："很好，时间还来得及，我们四点二十分出发就可以。"

张冲说："好的。让我们带回来的这个人带路。"

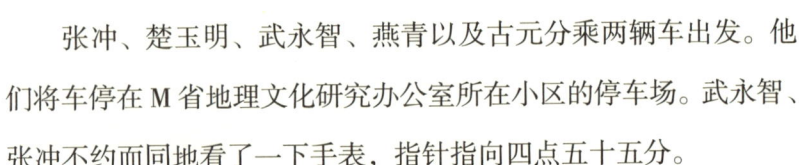

14

张冲、楚玉明、武永智、燕青以及古元分乘两辆车出发。他们将车停在M省地理文化研究办公室所在小区的停车场。武永智、张冲不约而同地看了一下手表,指针指向四点五十五分。

他们按照事先约定,都没有马上下车,而是让古元指认一下停在停车场的汽车,有哪几辆是他们办公室人员使用的。

古元很快指出了其中三辆车,对张冲和楚玉明说:"我们一共有五辆车,这里有三辆,你们手里有一辆,还差一辆。"

张冲说:"那就等最后一辆车回来再行动。"

几分钟之后,一辆车驶进小区,古元指着那辆车说:"你看,最后一辆车回来了。"

只见那辆车停在停车场,车上的人下来,锁好车门,走进一栋楼的门口。

张冲他们并没有急于行动,继续等待着。又过了几分钟,张冲感到可以行动了。他朝另一辆车里的武永智做了个手势,几个人从车上下来,由古元引领很快来到M省地理文化研究办公室。古元拿出钥匙打开房门,张冲、武永智、燕青和楚玉明等立刻出现在所有人员面前。办公室里的几个人都正在整理当天的调查成果,看见几个陌生人突然出现在面前,他们不明白发生了什么事情,都愣住了。

武永智走上前,向办公室内的人员出示执法证件,说:"因你们单位涉嫌从事违法活动,我们现在依法对M省地理文化研究办公室进行检查和调查，请大家配合一下。"

办公室的人员听到武永智所说的话，再看到是自己的同事将执法人员带来的，各自心里都在猜测发生了什么事情。

王玉普看着这些身着官方制服的执法人员，见到武永智出示的执法证，战战兢兢地对张冲等人说："我们怎样配合执法？"

武永智说："将你们的电脑、定位仪器、照相设备等都放在办公桌子上，将台式电脑和笔记本电脑都开机，我们依法对其中的内容进行检查。"

听了武永智的要求，王玉普对办公室的人员说："大家立即按照执法人员的要求去做。"

几位研究员纷纷按照要求将从事地理调查的设备全部放在办公桌上，并打开自己的电脑，退到一边等待执法人员的检查。

张冲、武永智、燕青和楚玉明对摆在办公桌上的设备和电脑里储存的数据进行了初步检查，发现了许多违反法律规定的重要目标地理信息，不少信息属于保密信息。也就是说，M省地理文化研究办公室所有人员的行为已经属于非法获取、持有秘密的行为。

鉴于这种情况，张冲和武永智协商之后，对王玉普等人说："根据法律规定，非法获取、持有、提供、利用属于国家秘密的地理信息属于违法行为。刚才我们从你们的设备中检查出许多涉密地理信息，所以对这些设备依法进行查封，以便进行进一步的调查取证。现在请你们将这些设备带上，随同我们到M省地理信息管

理局接受调查。"

经过深入调查取证，确认阿诺德的几名雇员从事了非法测绘活动，并且涉及秘密、危害安全，最后受到了应有的惩罚。

至此，猎点行动的又一个阴谋被粉碎了。

莱克和卡瑞企图在幕后操纵设在 M 省的地理文化研究机构，以地理调查作为掩护实施猎点行动被查获了，然而他们又想出了新花招。

第五章
被利用的网民

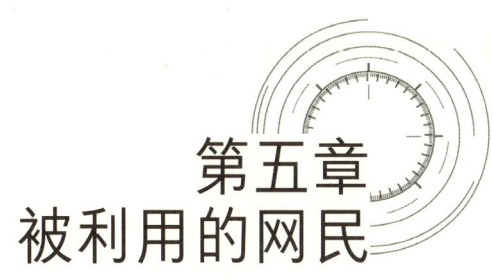

—— *1* ——

小丁喜欢旅游,喜欢猎奇,喜欢探险。一个周末,他早早起床,伸个懒腰,然后习惯性地打开计算机,浏览网页,在某知名网站上看到一个启事。

亲爱的网友们:

你喜欢游戏吗?你喜欢旅游吗?你喜欢探险吗?你喜欢猎奇吗?你喜欢探寻悬念和神秘吗?向你推荐一个每一个人都可以参与的大游戏、大旅游、大探险活动,这是最具有趣味性的活动。通过这个活动,你可以认识生活的地球,你可以享受旅游的乐趣,你可以追寻探险的刺激,你可以感受游戏的快乐,你可以体验不曾有过的新鲜感,你可以品味胜利后的成就感。这个活动就是"寻找8分经纬线交会点"。

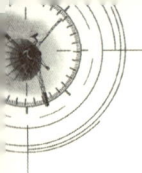

活动的方式是：每个参加行动的人携带一部手持卫星接收机，设定目标点的经度和纬度都包含8分（如，35度8分、18分、28分、38分、48分、58分）。参加活动的人向着包含8分的设定的经度和纬度地点出发，当找到这个位置时，在附近找一个标志性地物，可从这个标志性地物上找到一个特征点，测定这个特征点的坐标，并以这个特征点为中心，东西南北各个方向拍摄照片。

做完上述工作后，在活动专用网站上找到设定目标所在位置的卫星影像地图，找到选择的标志性地物，将测定的坐标标注在卫星影像图相应的特征点上，将拍摄的照片加载在这个点位上，再写一段不拘形式的说明和报道。

这样，每一个交会点就变得鲜活而有生气，它们所展示出来的，不再是两条线相交之点的枯燥的概念，而是一部生动的现实写照。这些信息登载网上，全世界网民可以自由欣赏！

当看到这个活动启事后，小丁很感兴趣，很想付诸行动，想要去探索那些地点的秘密，去体验那些神秘感。他想：我去和朋友们商量一下，尽快采取行动。他立刻将这则启事下载下来，通过微信发给好友，约好友一起探寻经纬线交会点的奥秘。

2

为了确认自己在地球上的位置，人类发明了经纬度。有人发起以经纬度寻找特定地点的活动，引起了一些人浓厚的兴趣。大家不知道这些交会点到底在哪里，它可能就在自己的办公桌下，也可能是在自己的家里，也可能是在湖水里，也可能是在深山的悬崖绝壁上，一切都需要去探索和揭秘。

寻找特定地点真的很像在玩一个游戏，要寻找的地方是什么样子，只有身临其境才能知道。在寻找地点的过程中，会发生很多故事，它们都会让你品尝到全新的感觉。

小丁的好友们看到小丁通过微信发来的启事和相约行动的想法，立即予以响应，可以说是一拍即合，开始协商行动的具体事宜。

小丁和朋友们希望寻找的第一个地点藏身于大山里。

小丁收集各种资料，用卫星影像地图及其他地图分析地形地貌，通过地图软件在图上显示的经纬度数字，从而大致确定了第一个点的位置。他马上在地图上策划行动路线，制定详细的行动计划，准备卫星导航定位设备、相机、笔记本电脑等。

一切准备妥当，小丁等一行三人驾驶越野汽车出发了。行动并不顺利，刚刚上路不久，就开始下雨，行进速度很慢。经过六个多小时的奔波，行驶了三百多千米，直到傍晚，他们才到达一个县城，在县城里找间宾馆住下。

第二天，小丁等一行三人继续向目标出发，经过一个多小时，到达离目标点最近的一个村子。

他们在这里停下车之后，开始步行，行走了两千米，来到山下。面前有两个山谷，不能确定具体应当走进哪一个。

几个人商量了一下，一个人的意见是走左边的山谷，两个人的意见是走右边的那个山谷，少数服从多数，一行三人向右边的山谷走去。

大家走着，没有说话，都在想：如果天黑前不能到达目标点，行动就会失败。

下午两点半左右，小丁一行到达距离目标点一千米左右的位置，山谷更加陡峭。

他们顺着山坡向上爬去。爬山过程非常困难，由于没有路，灌木使得前进更加困难。最终在四点多钟，他们到达目标点附近。

到了实地，卫星仪器告诉小丁这个目标点并不在沟底，而是在山腰上。

由于沟壁陡峭，很难攀登，小丁和两个朋友非常困难地爬上了沟壁，好不容易找到准确的位置。

但是，这个位置无法找到标志性地物，只好到附近寻找。他们分兵两路，一个人在目标点的位置上，两个人到附近寻找标志性地物。

还好，在沟底有一块大约十立方米的大石块，高约两米，很突出，在卫星影像地图上的影像也很清晰。小丁和朋友们选定这块大石作为标志性地物，以大石的一角作为测定精确坐标的点位，用仪器测量了一下这个点位与目标点的距离为二十二米。

小丁在卫星影像地图上准确地圈定了点位，然后测定了坐标。小丁又站在大石块上，面向东西南北各面拍摄一张数码相片。

完成这些工作之后，他们在目标点位置矗立起预先准备好的标志——一面彩旗，用照相机拍摄下来留作纪念。

他们在测定精确坐标和高程的大石头上，用红油漆将点位画上一个大圆圈，中间画上一个红十字，十字的中心是测定坐标和

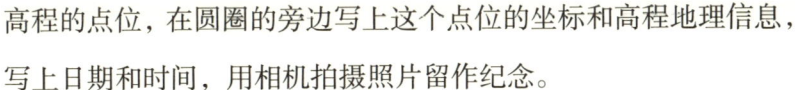

高程的点位，在圆圈的旁边写上这个点位的坐标和高程地理信息，写上日期和时间，用相机拍摄照片留作纪念。

做完这些事情之后，天色开始暗了下来，他们赶快收拾行囊，往山下走。当三人走到停车的村子之后，已经是晚上九点多钟了。

村子没有旅店，小丁他们只能到来时留宿的县城才能住下来休息。小丁和朋友迅速上车，小丁驾驶越野车上路。

由于天黑，在盘山公路上行车很是不容易，小丁尽量控制车速，来时一个多小时的车程，回去用了两个多小时，终于在县城的宾馆里住下来。此时，每个人都已经疲惫不堪，加上这一天每个人只是吃了一些携带的野餐食品，不免肚皮瘪瘪的。但半夜时分已经无处可以填饱肚皮了，他们只好饥肠辘辘地入睡了。

一觉睡到天亮，小丁一行从床上爬起来，迫不及待地到餐厅饱餐一顿。尽管早餐只是馒头、包子、咸菜，但是他们吃得很香，吃完之后感到很满足。

吃完早餐，小丁他们将行囊装上越野车，驾车往回走。这个县城只有一条主要道路，道路两旁是县城最美的建筑，只要走过这条道路，也就观赏了这个县城的县容。

小丁驾车穿城而过，很快就行驶到国道上，越野车狂奔起来，车速显然比来时快了许多，来时六个多小时的车程，回去只用了四个多小时。

初次寻找特定的经纬线交会点，小丁和朋友体会到了这个活动的意义。在返回的汽车里，几个人说说笑笑，畅谈体会。

小丁说："这个活动太好玩了，奔着一个事先不能确定的目标，很有悬念和神秘感。"

朋友甲说:"虽然表面是在玩儿,但是其中包含的意义是巨大的,体现出高科技与人自身智慧的结合,是能够创造奇迹的。在这次活动中,我们驱车数百千米,中间遭遇恶劣天气变化,最后以人的智慧和能力,在山区复杂地貌里找到了目标点。"

朋友乙得意地说:"如果遇到灾难和战争环境,一个高科技武装的小分队也不过如此。只有科技与人结合,才能最终完成任务。"

小丁说:"回来了,回来了,带着成果,我们回来了,尽管很辛苦,但我们充满了成就感。"

回来之后,小丁赶快整理从交会点采集来的地理信息和照片,将这些地理信息、照片、文字上传到网上。

3

在 M 省西部的大沙漠里,一辆高大的沙漠越野车,在沙丘起伏的沙漠里狂奔,一会儿冲上去,一会儿冲下来,波澜起伏,惊险刺激,自由奔放。那种感觉比坐过山车好玩,过山车是把人局限在一个固定的范围中,它想怎么过你就得跟着它过,有点不自由。

在沙漠里开车,开着比人的个头还高的沙漠越野车,如同冲浪一般地自由自在。

在沙漠里开车狂奔的是以小周为首的几个在沙漠里寻找经纬线交会点的年轻人,他们之所以选择到沙漠里寻找交会点,就是要充分体会它有多么过瘾，有多么刺激。

刚刚来到沙漠，小周和朋友们找了一段比较平坦的车辙比较多的地方把车开了进去，开进一百米左右就感觉到车身有点下陷，急忙跑了出来。

小试牛刀后，他们又找了一段车辙比较多、有一个比较平缓的沙丘的地方，开了进去。虽然知道一定会陷进去，但是他们一定要找到在沙漠里开车的感觉。两百多米后车轮陷在细沙里，他们左冲右突，直到车的轮子在沙漠上挖了四个大沙坑，底盘全部托在沙子上，还是没有找到跌宕起伏、自由自在的感觉。

因车子被陷的周围没有人烟，小周及其朋友不免有点沮丧。但是，他们开车到沙漠里跌宕起伏的梦没有因车轮被陷而破灭，反而愈加强烈。

他们费了九牛二虎之力，清理了托住车底盘和埋住车轮的细沙，接下来一溜烟地向下一个沙丘冲了上去。这正是他们要寻求的感觉，此时不冲还等何时。车快速地翻越了沙丘，又一头扎了下去，紧接着冲向另一个高大的沙丘，冲了一半后转弯，车身倾斜着绕着沙丘盘旋而过。

车翻过了一个又一个沙丘，越过一个又一个沙梁，小周异常兴奋，感觉十分过瘾，享受着多年来梦寐以求的沙漠"冲浪"的快感！

出发前，小周和朋友查阅过所要寻找的目标点的大致位置，测算一下刚刚走进沙漠的地方到目标点的距离，大约二十千米。

沙漠里的沙大多数是流动的，沙丘几乎每时每刻都在发生一些变化，进入沙漠腹地以后很难固定出一条不变的线路。但在沙漠里有湖泊，有绿色植物，可以利用它们判定方向。

小周和朋友开着越野车，在沙漠里过足了瘾，然后接近盘根错节的胡杨林。

胡杨，一种可以堪称地球活化石的树木，是一种能在沙漠地带生存繁衍的乔木，有着千年不死、千年不倒、千年不朽的传说，如精灵般神奇。到处是倒伏的胡杨，满地朽木，足以证明这里是世界上最古老、最原始的胡杨林。走在这些满地横陈、肆意匍匐着的胡杨林中，有如走过一个座年古城，让人浮想联翩。

行进到中午时分，小周和朋友到达了目标地附近。他们没有急着去寻找经纬线交会点，而是选择在了一处沙凹里扎营休息，此处四面环丘，风很小。眼前是胡杨林，不远处有一个湖泊，算得上是沙漠绿洲了，地面湿度较大，平整之处可以搭帐篷。

那一刻，他们跳下车，冲进沙漠，看着各自留在沙漠上的脚印，一切疲惫烟消云散。

小周和朋友轻身跪下，抓一把细沙在手，柔软如丝，看着它从指缝慢慢滑落，手掌享受着细沙与手摩擦那种美妙的感觉。他们坐下来静静地欣赏大漠，那瞬间，是辉煌，是灿烂。

小周和朋友从车上取下帐篷，准备在沙凹里支起它。他们先是在沙地上埋设固定帐篷的沙钉。由于是沙地，他们选择较了长的沙钉，先挖坑，插进去之后再掩埋，这样比较稳固一点。然后，打开折叠在一起的帐篷，用撑杆支起来，将帐篷的几个支点固定在沙钉上，以防被风沙吹倒。

他们从车上取下所带的食物，钻进帐篷享受着沙漠里的野餐。稍事休息，他们收拾起帐篷，向寻找的目标点行进。很快，他们就用卫星定位仪器确定了目标点的准确位置，但却发现在目标点百米范围内没有标志性地物。

登上附近的一个沙丘，站在高处，极目远眺，四周尽是黄沙漫漫，沙丘波浪起伏，远处蓝天与黄沙以曲线的姿态完美交融，真是极美的景致。

不远处的湖泊，湖中芦苇随风摆动着，居然还能听到青蛙的叫声，也有一些鸟从芦苇丛中飞蹿上天。

他们立刻跑下沙丘，直奔湖泊而去，迎面带着湿气的微风让他们心神荡漾。

来到湖边，波光粼粼的湖面像一块巨大的水晶呈现在他们眼前，从未感受到一泓清水是这样的圣洁纯净，或许只有从沙海里走过的人才能体会，这真可谓是神湖了。

但是，在湖边依然未能找到标志性地物让他们测定其准确的坐标和高程。这让他们有点犯难了，怎么办呢？怎么才能证明他们到过这个经纬线交会点，看到了这些美丽的景色呢？尽管可以拍摄很多照片，但是怎样证明这些照片的准确位置呢？他们必须找到一个标志性地物，测定它的准确坐标和高程，才能使这次沙漠之行圆满。

小周和朋友集思广益，终于想出了一个办法，那就是在湖边相对避风的位置支起帐篷，而且将帐篷永久地留在湖边，给卫星拍摄影像设定一个标志性地物。

他们想，帐篷只要在湖边留住一两天，卫星就一定会拍摄到它。测定帐篷中心点的坐标和高程，给帐篷拍摄照片，然后沿帐篷往东西南北方向各拍摄照片，发到举行寻找经纬线交会点活动的网站所发布的卫星影像地图上，并说明情况，再请网站找到拍摄了他们所留帐篷的卫星影像，置换到网站上，岂不是更增加了活动的趣味性。

想到这里，小周和朋友在湖边选择了一个相对坚实的地方，将一根长长的沙钉钉入沙漠，然后测定了沙钉顶部的准确坐标和高程，并向东南西北方向各拍摄一组照片。再以沙钉为中心，支起帐篷，用沙钉将帐篷固定住，从四周给帐篷拍摄了照片。根据湖泊形状判断他们所处的大致位置，在卫星影像地图上标注上他们测定的地理坐标和拍摄的影像。

完成了这些工作之后，小周和朋友一起对着帐篷说："伙伴，永别了。"然后坐上越野车，踏上回程。

回去以后，小周和朋友回味着这次沙漠之行的收获和体会，难以抑制欣喜若狂的心情，赶快整理沙漠之行获得的经纬线交会点地理信息，上传到那个知名网站上。

在上传地理信息之后，小周没有忘记告诉那个知名网站在卫星影像上寻找帐篷，用文字说道："请活动组织者根据我们拍摄照片的时间查找一下卫星拍摄的含有我们帐篷的影像，在网站上更新一下。"

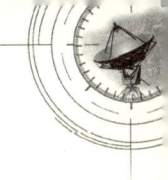

4

原来，寻找经纬线交会点启事是猎点行动的又一个阴谋。

莱克得知M省地理文化研究办公室被查封的消息后，气急败坏，在自己的办公室里，声嘶力竭地叫喊着："气死我了，我就不信完不成猎点行动，我必须找出新的对策。"他立即要求卡瑞召集玛丽、艾迪斯、里尔等人开会，总结经验教训，研究新的措施。

这一次，莱克亲自主持会议，他说："今天将大家召集在一起，研究如何进一步实施猎点行动的问题。先前，我们采用的办法都受到挫折。大家看看我们还应采取什么办法，才能进一步获得所需要的地理信息。"

卡瑞抢先发言，说："我们可以利用互联网这个现代手段，诱使网民为我们采集重要地理信息，并通过网络传递给我们。"

莱克听到卡瑞的话，很感兴趣，赶快插话："仔细说一说。"

卡瑞听到莱克的鼓励，也精神振奋，就加重语气说："最近，互联网上出现一种新技术，这种技术的特点是网站可以与网络用户互动，就是说网络用户不是简单地浏览网络信息，而且可以对网上内容进行修改补充，随时上传标注到网上相应的位置，然后由网站根据用户上传的信息，对网站提供的信息进行修补。举例来说，如果在网上发布的卫星影像地图的图像中可以清晰地看到机场停机坪停放着飞机，但是无法判断这架飞机是军用还是民用，更不知道它的性能等信息，而知情者就可以采用这种上传标注技术，将自己所了解的信息直接标注在这架飞机上。我想，这些技术完全可以用在地理信息收集方面。"

参加会议的各位都很感兴趣，瞪大眼睛看着卡瑞，仔细听着他的发言。莱克急切地说："这项新技术可以怎样用在地理信息收集上呢？"

卡瑞继续说："事实上，我们需要收集的地理信息主要是两类，一是我们所需要的重要目标的精确坐标，二是我们无法通过卫星影像判断的目标属性。之前，我们所采取的方法都没有成功，不妨改变一下思路，利用一下这个新手段。"

莱克问道："具体怎样利用呢？"

卡瑞接着说："对于获取重要目标的精确坐标来说，从目前的技术水平看，有两种方法：一是派遣人员接近目标收集重要目标的精确坐标，这个办法我们已经尝试过了，行不通。二是避开接近重要目标的敏感性，采集一些远离重要目标、与重要目标没有直接关系的点位精确坐标，然后采用数学的方法推算出重要目标的精确坐标，这正是我们需要尝试的方法。我们的方法就是诱使那些与我们不相干的人，按照我们的需求和设计的方案，帮助我们采集那些与重要目标没有直接关系的点位精确坐标。在他们不知情的状态下，诱使他们将这些看似与我们获取重要目标地理信息毫无关系的地理信息，通过网络上传给我们。我们将这些地理信息汇总以后，通过数学方法进行处理，形成一个坐标控制网，有了这样一张控制网。在这个网范围内的任何一个目标的精确坐标我们都可以随时计算出来。"

与会人员兴奋了，大家都认为这是一个非常好的想法，一旦

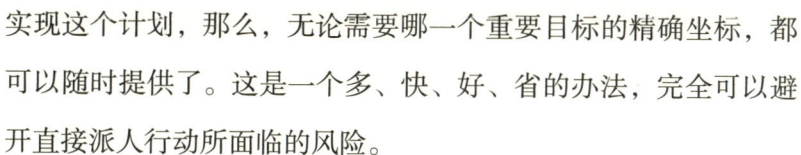

实现这个计划，那么，无论需要哪一个重要目标的精确坐标，都可以随时提供了。这是一个多、快、好、省的办法，完全可以避开直接派人行动所面临的风险。

莱克又插话说："好，我们就先讨论一下怎样诱使那些与我们不相干的人，按照我们的需求和设计方案，帮助我们采集建立坐标控制网所需要的点位精确坐标，并诱使他们将这些地理信息通过网络上传给我们。"

与会者陷入片刻沉思。稍后，里尔发言："现在，旅游是全世界很多人喜欢的活动，很多人对地理存有好奇心，在这些喜欢旅游和对地理存有好奇心的人群当中，也有很多对探险感兴趣的人，我想这是我们可以利用的。如果将他们发动起来为我们做这样的事情，那就会很快达到我们的目的。"

艾迪斯听到这里，不甘落后，赶快说："这是一个很好的主意，我们可以利用旅游者喜欢探险、猎奇的心理，设计一个大游戏、大旅游、大探险的活动，在网络上发布启事，让他们在不知情的情况下为我们做事情。"

玛丽也抢过话题说："我觉得以上说得都很好，受到大家的启发，我突然想到，很多旅游、探险离不开地图，大家看地图也经常要看经纬度，我们可不可以从这方面思考一下。"

听了玛丽的话，卡瑞灵机一动，说："我想到一个主意。"

莱克看了一下他，催促地说："赶快说。"

卡瑞说："如果在地图上均匀地选择一些经纬度的特定点位，在实地找到地标性地物，测定地物特征点的精确坐标，这就是一

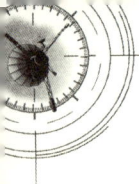

个最理想的控制网。我们设计一个寻找某些特定经纬线交会点的大游戏、大旅游、大探险活动,一定会让很多旅游、探险爱好者感兴趣,一定会有很多人热衷于寻找这些交会点。"

说到这里,卡瑞停了下来。

莱克见状,问卡瑞:"有没有具体的意见?"

卡瑞原本没打算马上说出具体想法,想听一听其他人的意见,但见莱克发问,只好继续说:"就以 M 省为例,M 省很多人喜欢数字'8',认为这是一个吉祥的数字。所以,我们设计一个寻找 8 分经纬线交会点的大游戏、大旅游、大探险活动,吸引和诱使网民使用卫星定位设备寻找 8 分经纬线交会点。每一整数经度或者每一整数纬度的 1 度范围内都有包含 8 分、18 分、28 分、38 分、48 分、58 分的经纬线,每个含 8 分的经线和纬线的交会点,我们统称为 8 分经纬线交会点。"

他和盘托出了如意算盘,就是以煽动网民寻找经纬线交会点为诱饵,诱使网民为其建立他国地理坐标控制网提供网点数据。

通过互联网,他们告诉网民,当你寻找到特定的经纬线交会点时,要测定出地物特征点的精确坐标,标注通过网络提供的卫星影像图的相关位置,再以这个点位为中心,往周围各个方向拍摄至少四张照片,然后将坐标等地理信息提供给网站。

然而,在网站的背后,军事地理信息处将网民所采集的坐标和照片汇集起来,进行必要的处理,就形成了坐标和高程控制网,便可以此为依据,推算出卫星影像拍摄下来的任何一个点位的坐标和高程,从而掌握重要目标的准确位置信息。

莱克对卡瑞的计谋很赞赏，高兴地说："好，这个办法好，收集重要目标精确坐标等地理信息的办法找到了，我们就按照这个思路进行。下面我们再讨论一下怎样获得重要目标的属性问题。"

里尔说："可以利用网民的好奇心理。我们在网络上发布分辨率最高的卫星影像地图，所有建筑物和设施都可以清晰地看到，分辨出形状和大小，甚至可以看到停机坪上的战斗机、直升机的大小、形状，停泊在港口的军舰、潜艇的大小、形状。所要获取的每一个重要目标的属性，必定有网民了解情况。我们诱使那些了解情况又感兴趣的网民进行标注上传，既不暴露标注者，又能获取属性信息。如果发动这些知情的网民将有关信息上传到网络卫星影像地图上，我们经过认真的判读筛选，就能获得所需要的信息。"

与会人员都赞同里尔的意见。最后，莱克总结说："今天这个会议开得很好，找到了进一步获取重要地理信息的方法。下一步我们要做好以下几件事情，一是物色可以为我们服务的网站，从技术上落实发动网民上传地理信息和我们下载地理信息措施，这项工作我将责成有关技术部门来实施；二是研究怎样调动网民积极为我们获取地理信息，拿出具体意见，这件事情由卡瑞先生负责组织各位完成。会议结束。"

5

军事地理信息处投资委托一个知名网络公司建设了网民上传

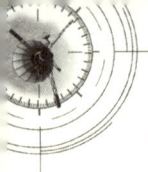

标注地理信息的卫星影像地图技术平台,形成一套有规则、有步骤地获取地理信息的计划。

在做好准备工作之后,莱克在那个知名网站发布了启事。卡瑞按照莱克的要求,安排艾迪斯负责接收网民上传的经纬线交会点的地理信息,里尔负责接收网民上传标注在卫星影像上的属性信息。

莱克、卡瑞、艾迪斯急切地等待着网民上传地理信息。一天,艾迪斯终于等来了第一个上传标注的经纬线交会点地理信息,他们异常兴奋,认真地看了标注的点位坐标和周围环境清晰的照片,仔细地阅读了上传的文字。这个信息就是小丁上传标注的经纬线交会点信息。

发现小丁上传的地理信息后,艾迪斯迅速向莱克报告。莱克、卡瑞亲自在网络上查看。看完信息,莱克高兴地对卡瑞说:"这是一个不错的开端,请你尽快安排人员,将他们上传的坐标和照片下载,并储存在我们的地理信息库里。"

卡瑞回复莱克说:"好的,这是我们获得的第一个上传成果,真是值得庆贺。"

紧接着,艾迪斯从网上看到了小周上传标注的经纬线交会点,但这个交会点的位置让他们感到失望,因为它在茫茫的沙漠当中,对于猎点行动来说,实用意义不大。

不过,艾迪斯想:尽管收到的地理信息和影像处在沙漠之中,但是从卫星影像地图上观察,距离这个交会点位十多千米处有一个值得关注的重要目标,对于建立地理坐标控制网还是有用的,

应当尽可能地保留这个点位的地理信息和影像。

但是,这个点位没有固定的地标性地物,只有一个临时支起的帐篷,只有将最近几天卫星拍摄的该地区的影像找出来进行比对。

艾迪斯将这部分卫星影像地图截图下来,并将上传的地理信息和影像以及文字说明下载,打印成纸质资料,将自己的意见写成一个情况报告,装订成册。

他立刻带着这个装订好的小册子,去向卡瑞报告。他来到卡瑞办公室,轻轻地敲门。卡瑞闻声说道:"请进。"

艾迪斯推门进屋,关上房门,走到卡瑞办公桌前,对卡瑞说:"向您报告情况。"说着,将准备好的材料递到卡瑞手上。

卡瑞翻了翻材料,对艾迪斯说:"你说一说情况吧。"

艾迪斯说:"刚刚在卫星影像地图上发现一个上传的经纬线交会点的坐标地理信息、环境影像和情况说明。这个点位在沙漠当中,标志性地物是一个野营帐篷,而且这个帐篷在我们提供在互联网上的卫星影像地图上没有影像,他们测定了这个帐篷中心点的坐标和高程,并且向东南西北方向都拍摄了照片,还提供了情况说明。当刚看到这个上传点位时,我们认为没有什么用处。但是,我们仔细地研究发现,在距离这个点位十多千米的位置,有一个我们关注的重要目标,如果将这个点位纳入我们地理坐标控制网的话,还是有实际意义的。"

作为一个对于地理信息工作很了解的人,卡瑞听到这里,充满疑惑地说:"即便是有意义,而实地没有标志性地物,我们又

怎么能在卫星影像地图上确定它的准确位置呢?"

艾迪斯赶快解释说:"上传地理信息的人将帐篷留在了这个点位上,只要我们调取最近的卫星影像,应当可以找到这个帐篷的影像。"

卡瑞听到这里,表示同意说:"这样也好,不管怎么说,这也是一个成果,一个有用的点位,我们尽量让它发挥作用。同意你们的意见,我在你的报告上签字,你拿着这个报告找卫星影像提供部门调取新的卫星影像吧。"

说罢,卡瑞在艾迪斯提交的材料上签上"同意,请提供卫星影像"和自己的名字。

艾迪斯来到卫星影像提供部门,出示卡瑞签字的材料后,很快获取了那片沙漠地区的卫星影像,并在影像上找到了那个野营帐篷。艾迪斯立刻将新的卫星影像交给专题小组置换了原来的影像,并将获取的地理信息和实地环境照片全部储存起来。

自从在网站上发布寻找经纬线交会点活动启事后,艾迪斯陆续从网站上收到了一些经纬线交会点的地理信息,但这些地理信息多数是深山、沙漠、草原、森林当中的经纬线交会点,都远离需要采集地理信息的重要目标。使用这些交会点,构筑一个覆盖重要目标的坐标控制网仍比较困难,这让莱克和卡瑞十分烦恼。

— 6 —

在莱克和卡瑞在知名网站发布上传标注经纬线交会点地理信息启事的同时,也发布了上传标注卫星影像属性信息的启事。

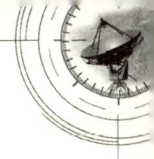

亲爱的网友们：

当你打开网上的卫星影像地图时，可能会发现有很多影像没有标明任何信息，你想参与绘制地图吗？那就请你将它们标绘出来吧。人人都可以将自己感兴趣的、鲜为人知的地理信息标注在这个专用网站提供的卫星影像地图上。记住哦，众所周知的信息就不要标注了，只标注那些卫星影像地图上可以看到影像，却还未注明名称和属性信息、尚缺少标注、大众无从知晓的影像。当你标注的信息被网站认可后，它就可以被全世界的网民欣赏。赶快行动吧！

里尔负责组织实施这个诱骗网民上传标注重要目标地理信息的行动。经过精心策划，里尔将整个行动分成三个步骤：

第一步，在被军事地理信息处利用的知名网站上，公布重点城市和重点地区清晰的卫星影像地图，尤其是那些从卫星影像地图上初步判定为军事设施或其他重要目标的清晰卫星图片。

第二步，诱导和鼓励网民使用上传标注功能，将卫星影像地图上的信息进一步细化，增补那些鲜为人知的地理信息。爱自我表现的人会将自己熟悉的周边建筑物以及其他地物的信息，如重要单位的名称、新奇设备（如飞机、舰艇等军事装备）的名字及所在地区、部队番号等进行文字标注和注释。

第三步，军事地理信息处可以通过这些标注和注释进行快速对比分析，从而得到大量主要目标属性信息。同时，在卫星影像地图使用者每次放大地图时,军事地理信息处都会自动记录最新放大的地图,将放大过的地图存储在服务器上。

这意味着即使提供一张毫无标注的卫星影像地图,也能在极短的时间里由互联网用户自行标注完备,甚至于小到一座居民楼的主人姓名,都有可能被标注在上面,更不用说那些重要目标的信息了。

世界各地都有军事爱好者和喜欢猎奇者,其中一些人见到这个启事,完全没有意识到发起者背后的阴谋,就将自己所了解的涉及军事、经济、政治等敏感信息上传标注在T国军事地理信息处通过互联网提供的卫星影像地图的相应位置上。

这样,军事地理信息处只付出公布部分卫星图片的微小代价,就换取很多专业间谍不能轻易完成甚至根本不可能完成的收集重要目标和军事地理信息的目的。

莱克、卡瑞对里尔所采取的猎点行动措施很满意,他们在互联网上发出诱骗网民上传标注地理信息的启事后,就开始等待接收网民上传的地理信息。

里尔时刻关注着网民从世界各地上传的标注信息,短短一个月的时间,军事地理信息处共收到来自世界各地网民上传的标注和注释地理信息二十多万条,其中对猎点行动有价值的地理信息有数千条。

里尔将那些重要目标的属性信息划分为军事类、大型工程类、重大危险源类等不同类别。同时,里尔又进一步将军事类属性信息划分为军种、军事装备、军事工程、军事机构等类别,将大型工程类属性信息划分为航天工程、大型水利工程、石油天然气工程、大型管道工程、能源生产工程等类别，将重大危险源类属性信息划分为易燃、易爆、有毒等类别。

经过这样划分和汇总分析，里尔发现：在军事类属性信息中，涉及军种的典型的标注和注释名称有陆军部队、海军部队、空军部队、导弹部队、雷达兵团以及部队番号等；涉及军事装备的典型标注和注释名称有军用弹药库、机场弹药库、军火库、生化武器制造基地、反潜机、歼击机、预警机、轰炸机、侦察机、直升机、导弹、航空母舰、军舰、潜艇、坦克等；涉及军事工程的典型标注和注释名称有军用机场、军事演习地区、两栖坦克试验场、军事基地、兵工厂、发射场、雷达站等；涉及军事机构的典型标注和注释名称有某某部队司令部、某某舰队司令部、某某军区司令部、某某通信部、某某防化部、某某军、某某师、某某旅、某某团等。在大型工程类属性信息中，涉及航天工程的典型标注和注释名称有发射场、发射中心、发射塔、发射架、发射井等；涉及大型水利工程的典型标注和注释名称有水利枢纽大坝、水电站、大坝、水库等；涉及石油天然气工程的典型标注和注释名称有石油公司、油气田及开发井、输油管道等；涉及大型管道工程的典型标注和注释名称有某某隧道、某某管道、某某管线等；涉及能源生产工程的典型标注和注释名称有某某核电站、某某炼油厂、某某热电厂等。在重大危险源类信息中，涉及易燃、易爆、有毒等危险物质库区的标注较多，如天然气储罐、加油站、液化气站、炸药库、火药厂、毒气源等。

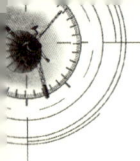

里尔将这些情况以书面形式向莱克进行了报告。

7

看完里尔提交的世界各地的一些网民上传标注地理信息的情况报告,莱克心里很高兴,他将卡瑞、艾迪斯、玛丽、里尔叫到办公室,几个人围坐在会议桌周围,莱克对他们说:"这个办法很好,我们获得很多重要的信息。那些属于战略性的信息,如果我们自己去收集,不论花多少钱也不是可以轻易拿到的。毫无疑问,这些网民无意中帮了我们大忙。他们都是一些什么样的人呢?为什么做这样的事情?"

听到莱克的问话,里尔赶忙回答说:"据我们分析,这些人大多数是军事迷,他们在标注的地方附近工作或者生活,对上传标注的信息很了解。这些网民在偷拍和传播这些信息时有两种心态,一种是他们关注军事装备进展,上传网络以求与志同道合的网友共享。这种人通常是军事发烧友。另一种人怀着猎奇和炫耀的心理,把自认为别人无法得到的信息拿来作为炫耀的资本。但无论他们的出发点有何不同,他们的行为结果都被我们有效利用了。"

听到这里,卡瑞有了新的疑问,他对里尔说:"从你们对上传标注地理信息的人员情况分析来看,有没有上传信息量很多的人?一个人上传信息最多的有多少条?是不是可以断定这样的人专门从事这种信息收集活动?如果有这样的人可否为我们做事?"

里尔接着回答卡瑞的问题:"从目前我们对上传标注地理信息人员的统计情况来看,尚未发现上传地理信息条数非常多的人。上传最多的一个人上传了三十多条信息,对猎点行动有意义的有十几条。大多数上传者只上传几条信息,当前还没有发现有人专门做上传标注这件事情。不过我们会对上传标注的人加强关注,如果有可以被我们利用的人,会及时向莱克和卡瑞先生报告。"

莱克接过里尔的话茬,说:"这样很好,你们注意观察,寻找我们需要的人。里尔先生的报告让我们了解了很多情况,不过我们再具体看一些卫星影像地图上的标注和注释信息吧。有没有 M 省的上传信息,给我们打开看一下。"

里尔赶快将放在会议桌上的电脑打开,调出 M 省卫星影像地图。电脑连接着投影仪,卫星影像地图立即显示在投影大屏幕上,经逐步放大,几天来网民上传标注的地理信息清晰可见。在 M 省周边的区域,很快就可以发现几个很醒目的目标。

有一个很引人注目的大概有五千米长的机场跑道,显然位于一个军用机场。从机场跑道的颜色来看,这个机场使用相当频繁。机场停放着一些战机,大概有几十架。在机场位置上标注了一些文字,上面写道:"空军甲师机场"。除此之外,还有一些文字是对机场位置以及战机型号的说明。

里尔用光标指着这些文字说:"这些文字都是网民标注的。"

看到这些,玛丽插话说:"标注得真详细。"

再继续看,在 M 省东部,有一座核电站。如果不进行特意地标注和注释,在卫星影像地图上浩如烟海的信息里,很难发现那

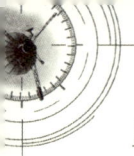
里有一座核电站。

在一大片建筑里，几乎所有的建筑的"长相"都差不多，其中有一座军火库，如果不是刻意地将它标注出来，从卫星影像地图上无论如何也不可能判断出那是一座军火库。网民在军火库位置上还特意标注上："军火库，里面全是军火。"

紧盯着大屏幕观看的艾迪斯也忍不住说："这可真是'踏破铁鞋无觅处，得来全不费工夫'。这些重要目标，我们无论如何都是无法从卫星影像地图上找出来的。这些网民真是帮了大忙。"

莱克带领军事地理信息处的几个手下，又查看一些网民上传标注的重要目标的地理信息，内心充满喜悦感，十分兴奋。他拿出一瓶红酒和五个酒杯，将酒倒在杯里，对卡瑞、艾迪斯、玛丽、里尔说："诸位，我们干一杯吧！"

几个人纷纷端起酒杯，莱克与他们分别碰了一下杯，各自一饮而尽，以示祝贺。

举杯相庆之后，莱克对卡瑞说："不能辜负这些网民，我们既然在启事中说明要将网民上传的信息经过筛选之后，正式发布在网络上，这件事情要督促和指导网站尽快做。"

这些网民上传标注的地理信息，不仅填补了卫星影像地图上大量信息属性的空白，也被猎点行动利用，成为他们获取重要目标地理信息的帮凶。

第六章
专项行动

---- *1* ----

在那个知名网站上发布的鼓动网民寻找经纬线交会点和在卫星影像地图上传标注地理信息的启事,引起了 M 省地理信息管理局负责保密工作的严力的高度关注。

多年来,严力组织过多次地理信息保密检查,互联网上是否登载了涉密地理信息是重要的检查内容。一天,他习惯性地打开互联网,用专业手段搜索敏感的信息,发现了那个知名网站上发布的寻找经纬线交会点和上传标注地理信息的启事,也发现了一些被网民上传标注的那些不应该出现在互联网上的 M 省敏感目标的地理信息。他立即意识到这些上传标注的信息对安全具有危害性,并敏锐地感觉到,这个所谓的寻找经纬线交会点和鼓动网民上传标注地理信息的活动背后一定有不可告人的目的。他立即向丁得胜报告了情况和自己的看法。

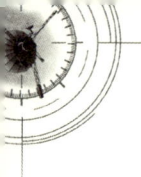

丁得胜听了严力的报告,立刻高度警惕,也想着同一个问题:这些活动背后是否有收集情报的背景呢?

丁得胜指示严力组建互联网地理信息调查组,负责摸清上传到互联网的地理信息的情况和进行危害评估。

调查组很快就从互联网上有重大发现:一些鲜为人知的重要目标地理信息被标注到那个网站登载的卫星影像地图上。调查组对网上发现的问题进行危害评估,很快出具了调查评估情况报告。

调查组的这份报告令人感到震惊,丁得胜看到报告之后,认为必须立即研究对策和采取措施。他立即召开专家讨论会,邀请关胜、张冲、武永智、严力、李洁等参加会议。会议在 M 省地理信息管理局会议中心召开,丁得胜主持会议。

在参会人员到齐之后,丁得胜说:"现在开始开会。先请严力代表互联网地理信息调查组向会议汇报对互联网上重要地理信息的调查情况。"

严力按照丁得胜的要求,分成几个部分报告了情况。他说:"我先报告一下我们发现的问题。调查组登陆××网站,发现该网站号召网民开展两项活动。一项活动叫做'认识你所在的地球',另一项活动叫做'请你参与绘制地图'。'认识你所在的地球'活动是要求网民找到经纬线 8 分交会点,并实地进行卫星定位和景观拍摄,将测量的地物特征点坐标和影像上传标注到该网站提供的卫星影像地图相应位置上。'请你参与绘制地图'活动是要求网民将那些尚未在地图上标绘的、鲜为人知的兴趣点上传标注在网站提供的卫星影像地图的相应位置上。"

与会者都在聚精会神地倾听严力的报告,他接着说:"从表面上看,这两项活动只是游戏,但有证据表明该网站链接至T国军事机构,是收集重要目标地理信息的一个工具。该网站利用人们喜欢旅游、探险、游戏和猎奇的心理,设计推出这些活动。当参加活动的人看到自己获取的地理信息添加在卫星影像地图上的时候,会有一定的成就感。因此,有很多网民参与这两项活动,上传标注了一些地理信息,其中有些地理信息涉及军事要地和重要设施。"

严力继续向会议报告了活动的危害评估,他说:"一旦大量的经纬线交会点附近定位数据上传到该网站,T国就可以形成对特定区域的坐标控制网,就可以用来纠正卫星影像地图的偏差,计算出任何一个重要目标点位的准确地理坐标。一旦大量的兴趣点信息被丰富到网站提供的卫星影像地图上去,特别是那些涉及军事或秘密的地理信息,这实际上能帮助别有用心的机构完成模糊信息的判断和确认工作。这两项活动都直接影响国家地理信息安全,对国家安全具有潜在威胁。"

讲到这里,严力说:"请李洁打开投影仪,请各位看大屏幕。"

李洁按照严力的要求打开投影仪,只见大屏幕上显示出调查组从互联网上下载下来的卫星影像地图画面。大家首先看到的是"请你参与绘制地图"活动诱使网民上传标注兴趣点的地图画面,映入大家眼帘的是一些网民上传标注的军事机构、军事装备、军事工程等的地理信息,具体包括一些军事基地、某某工程、部队番号、军用弹药库、机场弹药库、军用飞机类型、舰船类型等。

除此之外，还有一些大型工程、重要危险源等的地理信息，上述这些信息都是禁止在公开地图上标绘的。

看到网民上传标绘的这些信息，与会者一致认为：这样的上传标注将会造成秘密被泄露或者被窃取，对国防安全造成重大威胁。

在翻阅几个上述内容的地图画面后，李洁接着打开"认识你所在的地球"活动诱使网民上传经纬线交会点地理信息的地图画面，只见上面出现了一些坐标数据和交会点附近的环境照片，并且数据都是很精确的。看到这些数据之后，与会者一致认为：如果这些数据达到一定数量，经过严密的数学处理，就会构建起精确的坐标控制网，可以用来纠正控制网内的卫星影像地图上任何一点的位置偏差，一些重要目标的精确坐标也不难得到，就等于为远程导弹实施精准打击提供了位置数据支持。

观看了这些影像之后，严力继续报告说："××网站推出网民可以在卫星影像地图上标注地名、地物名称等各种兴趣点信息的活动，引起许多地图爱好者的兴趣。当他们看到自己所在的街道、所住的楼号、曾经到过的地方等信息还没有在卫星影像地图上标注时，好奇心会驱使他们将其标注上去。在这些网民标注的信息中，出现许多重要的涉密军事信息以及其他重要目标的信息，令人担心。"

与会人员边听边思索，他们深知，在范围广大的卫星影像地图上搜索一个小面积的建筑并不容易，即使看到了，如果没有文字特殊标注、如果对周边情况不熟悉、如果没有相关知识，即使是军事专家也很难分辨出到底是什么建筑,更难以知道该建筑的用途。但是,如果知情的网民不经意地进行了标注,那就帮助了那些想要获取这些信息的机构。

告诫网民在一个军用机场上,一架最先进的战斗机正在机场地面上滑行,这时有一辆轿车行驶在军用机场外的公路上,车内一人将手机伸到车窗外,好奇地拍下战斗机的照片,然后用手机上网,将照片上传到卫星影像地图的相应位置上。这不仅会暴露这架战斗机的秘密,而且会将这个军用机场呈现在境外情报机构面前。毫无疑问,这些行为无意中帮了境外情报机构的大忙。

2

听了严力的情况报告,丁得胜说:"从掌握的情况来看,T国××网站组织开展的寻找8分经纬线交会点和上传标注地理信息的活动,其背后有T国情报机构的阴谋。我们认为,这些情况的发生已经对我国的安全造成威胁,必须采取应对措施。今天,将大家召集到一起,我们共同讨论一下。"

会前,调查组已经将调查材料发到各位参加会议的人员手上。这些材料既包括调查报告,也包括从网站上下载的图片汇总。与会人员翻阅这些资料,感到触目惊心。

听了调查组的情况介绍,认真地思索片刻之后,关胜首先发言说:"根据调查组提供的报告,我感到问题十分严重。我认为,这次我们发现的问题有两个特点,一是这两个活动显然具有T国情报机构收集地理信息的背景。首先,说说寻找8分经纬线交会

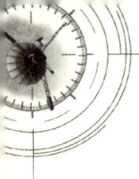

点的问题,一旦这些交会点全部上传到特定卫星影像地图上,就形成一个点位密度很高的测量控制网,控制区域内所有重要目标的精确坐标都有可能被推算出来。其次,说说网民上传标注地理信息的问题,从调查中,许多重要目标的位置信息和属性信息被上传到网站上,并配有文字说明和注解,导致我们一些重要的、不能公开的军事目标乃至政治、经济目标的信息被 T 国情报机构所掌握。这些情况表明问题很严重,好在我们发现得早,测量控制网尚未形成,重要目标的属性信息上传量还不大,还来得及遏制。二是遏制这些行为十分困难,原因是我们很难发现实施这些行为的人。他们是不特定的行为人,难以知道他们是张三还是李四,是住南面还是住北面,此外,组织活动的网站设在国外,而且披着合法的外衣,我们难以采取措施。所以,我们怎样解决这些问题,确实需要从多种角度来考虑。"

与会的一位技术专家发言说:"网络标注功能的问题确实比较难解决。如果取消这个功能,就丧失网络地图的便捷性,但是完全放开不管也不行,关键要是建立一个比较完善的安全机制。解决这个问题需要多管齐下,多部齐抓共管,既要采取技术措施进行防范,也要及时查办重大违法案件,同时要采取技术措施避免涉密信息在网络上传播,还要利用行政手段。"

李洁发言说:"应当加强对具有上传标注功能网站进行跟踪检查,随时掌握其网站损害安全的敏感信息,为地理信息监管提供全面、翔实的第一手资料,对自动标注功能进行适当限制。加大技术平台的研发力度,增强排查、跟踪、汇总分析涉密地理信息的能力。"

张冲发言说:"要加强安全意识的宣传教育,让更多的人认识这些行为对安全的重大危害性,同时加大对违法者的处罚力度,震慑违法行为。应当开辟网上举报路径,用于举报那些隐藏在网络背后煽动、引诱网民泄露军事信息的行为。"

武永智说:"要提醒广大网民,为了保守秘密,要严格遵守保密法的规定。公民或法人开办网站、论坛、博客以及上网等行为不得泄露、涉及和传播秘密事项,不得在公开地图上标示军事要地及其他重要设施,不得标示大型水利设施、电力设施、通信设施等涉及国家经济命脉的具体地理信息。"

严力发言说:"应当开展一次专项整治行动,打击各种非法采集地理信息和非法提供互联网地理信息服务等行为,清理互联网上涉密地理信息,查处地理信息泄密和窃密案件,通过电视等媒体进行曝光,向社会广泛宣传地理信息与安全的密切关系,使社会大众都能够了解地理信息的重要性,不去做那些泄露秘密、危害安全的事情,并且让那些故意为外国组织窃取我国涉密地理信息的人员暴露出来,受到应有的判处。消除各种泄密隐患,确保涉密地理信息安全。"

与会人员充分发表意见,丁得胜都认真听进耳朵里,记在内心里。最后他做了总结性讲话,说:"今天,大家发表的意见都很好。就组织一次专项整治行动,请大家发表一下意见。"

对于开展专项整治行动,关胜首先表示赞成,说:"开展这样一次行动很有必要,一方面打击违法行为,另一方面宣传教育

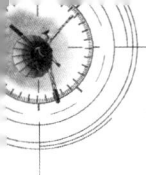

群众。这项行动一定要联合各有关部门一起进行,才能取得最佳效果。"

与会的其他人员也纷纷表示赞成搞一次专项整治行动。最后,丁得胜说:"好,大家都赞成搞一次专项整治行动,我们就这样决定了。会后,请严力拟定一个方案,征求各方面意见后确定。散会。"

— 3 —

经过多方协商,M省地理信息管理局、M省安保局等多个有关机构联合确定了专项整治行动方案。

一天,在M省地理信息管理局的会议中心,召开了专项整治行动动员大会。

在大会主席台上,一排长条桌子上覆盖着紫红色的桌布,摆放着几个麦克风。会场上摆放着一排排座椅,大约有两百个座位,供会议代表就座。整个会场给人一种凝重庄严的感觉。

九点之前,参加会议人员陆续进入会场。距离开会时间还剩两分钟的时候,丁得胜、关胜等几位领导从主席台侧面走进会场,陆续在主席台就座。

会议主持人宣布:"地理信息领域专项整治行动动员会现在开始!首先,请专项整治行动领导小组组长丁得胜讲话,大家鼓掌欢迎!"

在大家热烈的掌声中,丁得胜站起身来,向与会代表鞠躬,然后坐下,开始做动员讲话。他讲话的声音洪亮,铿锵有力。他说:"同志们!为进一步加强涉密地理信息的管理,维护地理信息安全,有关部门决定开展一次专项整治行动,打击非法采集地理信息的活动和非法提供地理信息服务的行为,清理互联网上涉密地理信息,向社会广泛宣传地理信息与安全的密切关系,使社会大众都能够了解地理信息的重要性,消除危害安全的隐患。"

在讲话中,丁得胜指出涉密地理信息保密面临的问题。他说:"当前,地理信息获取手段现代化、产品形式数字化、信息服务网络化、信息应用社会化,地理信息的安全保密问题面临严峻挑战。在连接互联网的计算机上存储和处理涉密地理信息、在互联网上违法上传涉密地理信息、通过互联网传输涉密地理信息等呈现出主体多元、手段隐蔽、危害长远等特点。"

丁得胜对专项行动提出要求:"要调集精兵强将组成检查队伍,全面开展检查。在检查中发现的问题,要依照法律法规及时处理,重大问题要及时报告。对检查中发现的重大隐患,要认真分析原因,采取有效措施,限期整改。对严重违规行为或重大失泄密案件,要严肃处理,一查到底,对有关责任人员,要依法给予处分,构成犯罪的,要依法追究刑事责任。要及时完善相关制度,强化保密措施,堵塞漏洞,消除隐患。要充分发挥报刊、电视、广播、网络等媒体的作用,及时曝光典型案例,充分发挥查办案件的警示教育作用。通过'以案说法',增强涉密人员的安全保密意识,提升社会大众自觉维护地理信息安全的共识。完善涉密

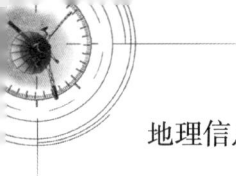

地理信息动态监测与预警机制,健全人防、物防、技防的长效机制,筑牢保密防线……"

丁得胜讲话之后,其他各部门的领导都进行了发言,各方面都表示会按照专项整治行动方案做好各项工作。

— 4 —

一场大范围的专项整治行动开始了,分三个阶段进行。

第一阶段是全面部署,明确职责分工,宣传发动。

第二阶段是组织实施。一是组织在 M 省范围内进行采集、提供、销售、登载、传输、使用地理信息的单位自查,及时发现并改正存在的问题,提交自查报告。二是进行执法检查,在各单位自查的基础上,对涉及地理信息的重点单位进行检查,同时清查互联网上出售或者提供涉密地理信息、上传标注涉密或者敏感地理信息等行为,对情节轻微者,以批评教育和自我纠正为主;对拒不自查、拒不纠正等严重违法违纪者,依法严肃查处。三是对违法违规行为进行梳理,严厉查处严重的违法案件。

第三阶段是总结巩固和大力宣传,对专项整治行动进行总结评估,汇总经验,分析存在的问题,组织媒体进行广泛宣传。

针对地理信息涉及面广等特点,各方面密切配合,发挥各自优势,加强联合执法,统一执法行动,严厉打击非法从事地理信息获取、提供、使用、出版、传输等行为。许多违法案件被查出,许多家违规单位被责令整改,一些违法网站被依法关闭。

某些网络商店登载标有机密字样的地形图照片,并公开发表销售涉密地形图的帖子,执法人员立即依法采取关闭该网络商店的接入服务措施,并对网店店主和所持有的涉密地形图依法进行处理。

某些企业擅自复制、扫描,并在国际互联网上以电子邮件方式传输属于秘密的地形图,造成泄露秘密的事件,违反了保密法的规定,执法人员及时对当事人和涉案地形图进行依法处理。

某些人擅自将涉密军事目标的信息上传到互联网上,被依法查处。

....

—— 5 ——

在专项整治行动中,宣传活动如火如荼,电视、报刊、广播、网络等大众媒体跟踪采访和宣传,专项行动领导小组及时将行动进展情况和查办的案件向社会公布。

违法案件的公布,引起了群众的极大关注,产生了很好的警示效果,起到了教育群众的作用。网民们了解了地理信息对于安全的重大作用,那些因为爱好而在网络上传输重要目标信息的群众不再轻易上当受骗了。

在专项行动中,莱克、卡瑞策划并实施的上传标注经纬线交会点地理信息和通过网民上传重要目标属性信息的阴谋遭到了重挫。

行动结束后,丁得胜召开新闻发布会,进一步回答记者们提出的问题。

新闻发布会在M省新闻中心召开,有三十多位各种媒体记者参加,记者们踊跃提问。

M省电视台记者问道:"在M省开展这次专项整治行动,请丁局长介绍一下行动的成果。"

丁得胜说:"这次专项整治行动顺利收官,圆满完成了预期任务,非法采集和违法传输地理信息的现象,特别是那些通过互联网上传、标注功能,泄露涉密地理信息的现象得到了有效的遏制。在行动中,各方面根据统一部署,高度重视,团结协作,周密组织,有效地开展行动。所有涉及地理信息的单位进行了自查自纠,对多家单位进行督查抽查,对多家问题单位进行整改。检查互联网地理信息服务网站数千个,整改问题网站数百家,关闭违法网站近百个。各方面充分发挥各自优势,增强执法合力,集中开展专项执法行动,查处各类违法案件上百起,其中包括较多涉外非法采集和在互联网上传输涉密地理信息案件。对这些重大案件的依法查处,有力维护了国家重要地理信息的安全。"

某外国电视台记者发问:"我对于M省查办外国人进行野外调查的活动感到不解,为什么要查处这些进行野外调查的外国人?"

丁得胜认真地倾听记者的提问,然后回答说:"我们对于在对外开展经济、科技、文化、体育等多方面的交流合作中涉及的测绘地理信息活动的大门始终是敞开的，但前提是这些测绘地理信息活动必须是合法的。外国的组织或者个人与我方开展合作或者科技、文化、体育等交流活动，涉及测绘地理信息活动的，要依照法律履行报批手续，经过批准，并要遵守法律法规，不涉及秘密和危害安全，在批准的范围内开展相关领域的测绘地理信息活动。但未经批准，外国的组织或者个人擅自开展测绘地信息活动是违法的。"

又有一名外国记者站起来，向丁得胜提问说："据我所知，被查处的这些外国人，都是科研人员或旅行者，而不是真正的测绘人员。这些人被以非法测绘的名义受到处罚，他们是难以接受的。请问您对此有何看法？"

丁得胜回答说："我们以事实和证据来揭开一些外国的组织或者个人来M省开展科考、旅游活动而实际上涉及非法测绘活动的真相。例如，在查处的这些案件中，有一个案件是T国某公民未经我国测绘地理信息主管机关批准，擅自携带测量型卫星接收机实施测绘活动。从其携带的卫星接收机所存的地理信息证明，其非法采集并存储M省地理信息坐标有数万个，其中许多地理信息坐标涉及军事要地，属于机密。这样的外国人进行的所谓'科考、旅游'活动，事实上是测绘活动。他们采集了大量地理信息，窃取我国的秘密，危害安全。他们的行为不是纯粹学术考察、科学考察或者旅游活动，而是另有目的。在这些案例中，表面上是这些外国的组织或者个人来我国进行所谓的'科考、旅游'，而事实上这些外国人拿着先进的地理信息测绘仪器，到一些地方进行测绘活动，采集了上万条地理信息，且有许多涉及我们的保密信息。对这些违法测绘行为进行处罚是依法做出的。我们在依法办理案件中，通过调查取证，有法、有理、有节、有据，以事实为依据，以法律为准绳，始终坚持做到事实清楚，证据确凿。我们依照法律程序组织听证会，充分听取当事人的陈诉，执法人员有理、有据地进行质证，当事人在面对非法采集地理信息的证据面前供认不讳。我们依法查处涉外测绘案件是维护法律尊严，维护安全和利益，完全是正当的、正确的。"

丁得胜回答完这个记者提出的问题，又一个记者站了起来，说："现在流传一种说法，世界上许多国家对外国科研人员的野外考察不加限制或者限制很少，您认为这些说法符合实际情况吗？"

面对尖锐的提问，丁得胜稍加思索后说："地理信息与安全息息相关，任何一个国家对于本国地理信息都不会允许其他国家任意获取，都会从安全角度考虑而采取必要的防范措施。这一点，世界各国政府都十分清楚。测绘及其成果不仅可以定性地认识自然地理要素和地上、地下的各种建筑物、构筑物和设施，也可以定量地掌握它们的空间位置、大小和形状。在这些自然地理要素和建筑物、构筑物、设施中，包括军事、政治、经济、科技等信息。一旦对这些要素进行了测绘，所测区域的空间位置、大小、形状及其属性就将被定量和定性地表述出来。近年来世界上爆发的几场局部战争，充分表明了地理信息的重要性。对于涉外地理信息的监管,世界各国都有严格的规定。比如,T国政府对国土安全敏感信息的采集,就有地理信息安全评估的保护政策。世界上各个国家,无论其市场经济是多么发达,对外国多么开放,都不允许外国人在本国领土上进行大规模的地理信息测绘。"

一位记者站起来接着说:"谢谢丁局长。请问今后将怎样保证外国人到M省从事测绘的合法权益?"

丁得胜说:"我们的涉外测绘政策是公开的、开放的、明确的,依法开展合作或者科技、文化、体育等交流活动,其涉及测绘活动的大门始终是敞开的。只要遵守法律规定,我们将依法维护外国科学家和旅游者的合法权益,将为各国朋友来我国开展科技、经济合作和交流提供服务。"

M省日报记者问道:"请您谈一谈贵局今后将如何强化监管?"

丁得胜回答:"这次专项行动虽然达到了预期目的,取得了很大的成绩,但作为以地理信息资源开发利用活动为主要内容的新兴市场,地理信息市场中的很多产品形式和服务模式具有很强的创新性,对市场监管提出了新的挑战。在专项行动中,发现了一些薄弱环节,需要进一步提高。一是完善市场制度体系,二是要巩固长效监管机制,三是要探索创新监管方式,四是要深化法制宣传教育,五是要狠抓涉密地理信息管理。"

M省广播电台记者问道:"近期发生的一些案件反映出一些群众安全保密意识的淡薄,普通公民应该怎么做,才能在日常生

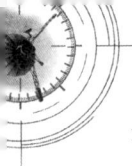

活中增强保护国家地理信息安全的意识?"

丁得胜答:"一些人安全意识薄弱,导致失泄密事件发生。从我们查处的案件来看,有些企业人员、科研人员以及其他一些爱好者,不自觉地帮助外国组织获取重要地理信息。其实,只要我们在日常生活和对外交往中,多一分保护国家地理信息安全的意识,不随意将这些信息外泄,就是对安全的最好保护。我想对大家提三点建议:一是自觉增强安全保密意识,了解涉密地理信息保密的有关规定,增强维护安全和利益的自觉性,主动防范涉密地理信息失泄密行为的发生。二是提高安全保密的警惕性,如果发现地理信息失泄密等情况,或者外国人非法获取地理信息等行为,要及时进行举报,协助制止地理信息失泄密行为。三是正确使用互联网地图,一些网民有意或无意地把一些涉及秘密的敏感信息标注在互联网地图上,这实际上能帮助完成模糊情报的判断和确认工作。因此,不要在互联网地图上随意上传、标注军事及重要基础设施等可能涉及安全和利益的敏感信息,必须确保涉密地理信息安全。"

— *6* —

新闻发布会上,丁得胜精彩地回答了记者的提问,充分阐述了维护地理信息安全的必要性,说明了非法采集和传输地理信息的危害,介绍了采集地理信息的政策和法律规定。各大媒体迅速报道了新闻发布会的情况,与此同时许多案件曝光,在社会上产生极大反响。

记者在街头采访群众，问道："您在电视里看到有的网站在互联网卫星影像地图上标注军事基地被查办的案件了吗？"

群众回答："看到了。"

记者："那您有什么感想？"

群众："不知不觉地就可能充当外国人的间谍，太危险了。危害国家安全的事情不能干。"

记者采访许多群众，他们纷纷表示已经了解随意上传标注地理信息的危害，不能干那些危害国家的事情。

一场专项整治行动持续了十个月的时间，不仅遏制了非法采集和提供重要地理信息的现象，而且使得社会大众了解了在互联网上传标注重要地理信息危害安全，大多数网民不再上传那些莱克、卡瑞迫切需要得到的重要地理信息。莱克、卡瑞策划的诱骗网民为其上传地理信息的猎点行动的措施难以进行下去了，他们不得不重新调整策略。

莱克、卡瑞精心策划的"认识你所在的地球"活动，煽动网民采集经纬线交会点地理信息，意图建立能够推算重要目标准确位置数据的坐标控制网，但未能达到目的。

虽然，他们精心策划的"请你参与绘制地图"活动，煽动网民上传标注兴趣点信息，意图获取那些无法从卫星影像地图上得到的重要目标位置和重要目标属性的信息。活动取得了一些收获，确实在卫星影像地图上找出了一些军事目标，确定了卫星影像地图上一些目标的属性,但当网民们认识到危害性之后,就不再在他们提供的卫星影像地图上上传标注了。

为了获得 M 省军事设施等重要目标的地理信息,莱克和卡瑞依然有其他招数。

第七章
网上诱惑

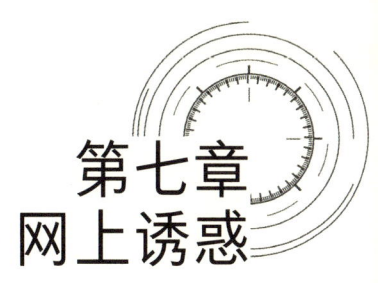

—— *1* ——

在审讯室里,武永智、燕青正在对一个涉嫌窃取秘密地理信息的嫌疑人进行审讯。在桌子上,摆放着被审讯者用于拍摄军用机场的照相机。

这是一个二十多岁的男青年,个子不高,身材微胖,长方脸,肤色较白,寸头,身穿牛仔服。

"叫什么名字?"

"吴前程。"

"年龄?"

"二十三岁。"

"工作单位?"

"无业。"

"学历?"

"大学。"

"知道为什么将你带到这里来吗？"

"不知道。"

"你什么到军用机场附近进行拍照？目的是什么？"

"我只是好奇，觉得好玩。"

"你是否知道那里是军事要地，不允许拍照？"

"不知道。"

吴前程没有说实话，他在刻意隐瞒对军用机场进行拍摄的真实目的。

武永智警告吴前程说："你的行为违反国家法律，涉嫌非法窃取秘密，你必须如实交代问题。"

吴前程狡辩："我确实只是好奇而已。"

为获取更多的证据，M省安保局委派武永智、燕青等对吴前程家进行了搜查。在吴前程的电脑里，发现了标有军用机场的电子地图，还发现许多军用机场周边的坐标数据和大量涉及军用机场、军用飞机、军车等照片，并发现吴前程向境外发送电子邮件的事实。

从获取的证据可以看出，在此之前，已有一些军用机场位置的信息和涉及部队动向、装备情况等信息发到境外，包括机场坐标数据和照片、飞机起降情况、部队大型调动情况等。

查看吴前程所用的电脑后，武永智、燕青进一步审讯他。在证据面前，吴前程感到无法再隐瞒，只好交代了为境外人员提供军用机场地理信息以及各种照片的事实。

吴前程接受艾迪斯的指示，用卫星定位设备对军用机场进行定位测量，将测量的坐标数据通过电子邮件发到境外，同时将机场名称、所属部队等提供给T国军事地理信息处。

吴前程还交代说，当前他正在按照艾迪斯的指示拍摄军用飞机和军车的照片，然后通过电子邮件发到境外。

— 2 —

实施猎点行动一年多来，莱克和卡瑞采取了多种手法：艾迪斯投石问路到M省地理信息院购买地理信息，玛丽以女色诱惑、用金钱收买李贵窃取地理信息，里尔等军事地理信息处人员以旅游、科考及其他各种名义采集地理信息，阿诺德设立M省地理文化研究办公室调查地理信息，利用商业地图网站诱骗网民上传标注地理信息等。这些行动收效都不大，猎点行动进展缓慢。

见此情景，莱克心急如焚，又无计可施。无奈之下，莱克再将卡瑞找来商量对策，他拨通卡瑞办公室的电话。

卡瑞听到铃声，看一下来电显示，见是莱克的电话号码，拿起电话，说："莱克先生，您好！"

莱克回复说："你好！到我办公室来一下。"

卡瑞说："好的，我马上过去。"放下电话，急忙走出办公室，来到莱克办公室门口，轻叩房门。

莱克请卡瑞进来，劈头盖脸地问道："怎么搞的，猎点行动进展这么缓慢，这个样子不行，必须再想办法。"

卡瑞受到上级的指责，心里很不是滋味，脸色又红又白，

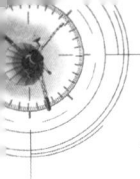

也提高嗓门说:"我也很着急,正在想办法。"然后,稍微平复了一下心情,继续说:"我考虑采取诱惑的办法来进行。"

莱克:"如何诱惑?"

卡瑞:"诱惑能够获取他国重要目标地理信息的人,重点是重要目标所在地附近的人,他们才熟悉当地情况,也比较容易接近重要目标。只要给他们足够的费用,一定会有人受诱惑而去做这些事情。"

听到卡瑞的这些话,莱克觉得这个办法可行,他说:"赞同你所说的方法,你尽快拿出一个周密的计划。"

"好的。"卡瑞说完,离开莱克办公室,迅速将艾迪斯、玛丽、里尔等人纠集在一起,在自己的办公室里研究对策。

卡瑞将自己的考虑和莱克的表态向艾迪斯几个讲了一遍,然后对他们说:"你们几个谈一谈怎样落实我所说的事情。"

其他几个人相互看看,似乎还没有考虑好要说什么,沉默了一会儿。卡瑞绷不住劲儿了,他冲着里尔说:"你到 M 省采集过重要目标地理信息,有一定的经验,你先说一说。"

里尔听到卡瑞点了自己的名字,开口说道:"好吧,我谈一点看法。既然我们要采用诱惑手段,那么诱惑哪些类型的人呢?最好是对重要目标所在地情况比较熟悉的人,因为这样做起事情比较容易,不易被发现。"

话音未落,艾迪斯反问道:"想法很好,但不实际,原因有两个,一是 M 省群众都接受了维护国家地理信息安全的教育,他们不会冒很大风险为我们做这些事情。二是采集坐标数据需要配备便携

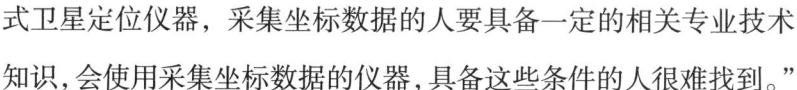

式卫星定位仪器，采集坐标数据的人要具备一定的相关专业技术知识，会使用采集坐标数据的仪器，具备这些条件的人很难找到。"

里尔白了艾迪斯一眼，有些不耐烦地说："你所说的这两个困难都很好克服。一是虽然M省大力进行维护国家地理信息安全的教育，但不会所有人都按照要求去做，只要我们方法得当，付出较高的报酬，必定会有人上钩的。二是虽然配备卫星定位仪器困难一些，使用仪器需要一定的专业知识，但这些都可以实现。"

卡瑞听到这里，问里尔："详细说说你的计划？"

里尔说："采用在商业性地图网站发布消息的方法，以填补地图内容为诱饵，悬赏征集一些当地人熟知的目标照片和文字信息。这种做法是以一个商业性行为出现在世人面前，可以掩盖我们的真实目的。一旦有人上钩，我们就不难将他诱骗。"

玛丽插话说："既然是在商业性地图网站发消息悬赏征集，其他国家的人也可能会关注，如果其他国家有人愿意参与，也不要排除。每个参与人采集的地理信息可以发送到由我们提供的加密电子邮箱里，同时将他的汇款账户也通过这个电子邮箱提供给我们，我们将报酬汇到账户，这样任意一个国家的人都可以参与。"

听了上述意见，艾迪斯也改变了看法，进一步补充说："依靠诱惑当地人来获取重要目标的信息，是个不错的方法。但是，我们不能直接在网络上发布悬赏采集重要目标地理信息，因为M省不允许对重要军事目标进行随意勘察、测量、拍摄，不允许随意在互联网上发布关于重要军事目标的信息。我们公开发布悬赏征集重要目标地理信息有危害安全之嫌，只有采取'钓鱼'的方法，

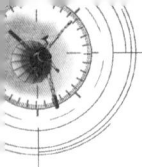

循序渐进地'请君入瓮'。"

卡瑞问道:"怎样'钓鱼'?"

艾迪斯:"方法不固定,视情况而定,只要是能够收集重要目标地理信息的手段都可以。比如:可以在商业性地图网站发一条信息,以更新地图为理由悬赏征集一些非重要目标的照片,同样让提供照片的人将照片发到由我们提供的加密电子邮箱里,同时提供汇款账号。我们将报酬汇到账户里,并建立起与该人一对一的联系,以便进行后续的事情。我想,对于那些收入少而又渴望发财的人,这样做是有一定吸引力的,他们必定会上钩。我们逐渐给他们提出深层次的要求,从而使他们被我们控制,最后落入我们的圈套。当他们无法自拔的时候,就会甘心情愿地为我们服务。"

卡瑞也采纳了艾迪斯的意见。

— 3 —

不久,在T国的某商业性地图网站上出现了一条消息:

为了使网站向社会大众提供的地图内容更加丰富,我们推出有偿征集地理信息的活动。具体做法是:志愿者打开网站所提供的地图,认真地核对一下地图上还漏掉了哪些地点的地名、地物名称、设施属性以及其他大众感兴趣的地理信息,然后将相应位置进行截图,将你所认为应当补充的信息标注在截图上面,并拍摄周围环境的照片和进行文字说明。做完这些工作之后,将这些信息发送至×××@××.com 电子信箱中，并将本人银行汇款账户一并发至这个信箱。所提供的信息一经审核通过之后，网站立即支付发送邮件人一定的报酬。

4

一日，家住 M 省的吴前程闲来无事，用手机上网，浏览 T 国某商业性地图网站上的地图，忽然看到网站上发布的有偿征集卫星影像地图上面尚未标绘的地名、地物名称、设施属性地理信息的启事，他很感兴趣，仔细地阅读了几遍。

吴前程是一个无业青年，好吃懒做、游手好闲，是一个标准的"啃老族"。同时，他也时常做发财梦，恨不得一夜暴富，只是苦于找不到门路。他平时喜欢上网聊天，浏览奇谈怪事、花边新闻，对网上的各种地图也比较感兴趣，时常研究网上的影像地图、线划地图、街景地图、实景地图等。

看到征集启事，正在做着发财梦的吴前程眼前一亮，似乎看到赚钱的机会，他想：这可是一件好事，拍摄几张照片，在上面标注一下名称，发去指定的电子邮件，就可以挣钱，这个机会一定要把握住。

不过，吴前程对有偿征集这件事情将信将疑，不太相信将搜集的地理信息发出去后就能得到报酬，同时也担心向国外发送地理信息会违反国家法律。但转念一想：不就是个名称，又不是什么重要信息，试试又何妨。再说能获得报酬，值得长期做下去。

吴前程打开电脑上网，将网站地图放大，仔细查看着网页上

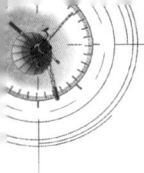

的地图,查找哪些地方漏标了地名,哪些地物未标注名称,哪些设施未标明属性,并找到了他家附近一个大院尚未标明名称。他每天都要从这栋大楼前面经过,对它非常熟悉。他决定先将这幢大楼的图片、名称和属性用电子邮件发送给这个征集地理信息的网站。

想到这里,吴前程将手机装进牛仔裤的裤兜里,走出家门,径直走向他欲拍摄的那栋大楼。

这栋大楼有十六层高,它威严、庄重地伫立在公路的一侧,但并不在路边,距离公路有五六十米。在公路与大楼之间是绿色隔离带,长着一排排高大的杨树。在楼的周围有一圈院墙,院落的大门口朝向公路,用一条甬路与公路相连。门口并没有悬挂任何表明这个院落和大楼属性的牌匾,但有军人站岗。这个院落和大楼是一个不宜向社会公开"身份"的单位,具有一定的神秘性。

吴前程站在公路的辅道边上,眼睛顺着通向大楼的甬路向大楼张望。当看到大楼所在院落门口站岗的哨兵时,心里情不自禁地有些紧张和害怕。以前路过这里的时候,吴前程没有想对着大楼拍照的邪念,也很少注目这个大楼,所以也从未有过这样的感觉。

他没有敢在大楼附近拍照,而是走到公路的另一侧,在距离公路较远且不易被哨兵发现的地方,从裤兜里掏出手机,对着大楼快速地拍摄几张照片,赶快又将手机装进裤兜里,头也不回地跑了。

回到家里,吴前程惊恐的心情被成功的喜悦取而代之。他急切地打开计算机,在T国某商业性地图网站上找到大楼的卫星影像并进行下载,将自己刚刚拍摄的大楼照片和文字说明,连同自己的银行账户放到压缩文件里,按照图网站的要求发送至指定的电子邮箱里。

将电子邮件发送出去以后,吴前程心里充满期待,不是查看邮箱是否有回复,就是查看自己的银行账户。

几天后,他的银行账户里果真收到来自境外的酬金,并且在电子邮箱里收到了回信:这位网友,你好!你发来的照片和文字说明很有意义,填补了地图上缺失的地理信息,对你付出的劳动送上一点报酬,请查收你的银行账户,确认收到报酬后请回复邮件。希望你今后再接再厉,为填补地图缺失的地理信息做更多的事情,我们将一如既往地支付给你报酬。

在查看邮箱之前,吴前程已经查看了自己的银行账户,获知报酬已经到账。所以,看到境外发来的电子邮件,他立即回复道:"报酬已收到。"

5

自从在某商业性地图网站发布征集地理信息用来补充地图缺漏信息的启事后,卡瑞责成艾迪斯负责收集通过电子邮件发回来的地理信息。

艾迪斯按照卡瑞的指示,经常打开计算机,查看电子邮箱是否有发来的邮件。

吴前程发来的邮件,是军事地理信息处收到的第一个邮件,第一时间就被艾迪斯看到了。他立刻将邮件下载下来，向卡瑞报告情况。

他说："卡瑞先生，您好！今天我收到了第一个从 M 省发来的邮件，邮件内容包括一栋大楼的照片和关于大楼用途的文字描述。我查阅了一下我们原来掌握的情况，在此之前我们确实还未掌握这栋大楼的信息，这个邮件对于我们来说是有一定价值的。"

卡瑞看到吴前程发来的邮件，对艾迪斯说："很好，除了这个邮件有利用价值以外，这个人应当也很有利用价值，你要想办法诱惑他，让他为我们服务。先付给他一定的报酬，不要吝啬，要让他感觉到比预期报酬要高。"

艾迪斯按照卡瑞的指示支付了吴前程较高的报酬，并且给吴前程发了前面所说的邮件。很快，艾迪斯就收到吴前程"报酬已收到"的回复。

艾迪斯从电子邮箱中看到吴前程收到报酬的回复，心想：这个家伙已经掉进我们的圈套，诱惑他为我们服务应当会易如反掌。艾迪斯查看卫星影像地图，在军事地理信息处标注出来的未知目标当中，选择了一个距离吴前程提供信息的大楼位置较近的一处，将其用突出颜色进行了标注，通过电子邮件发送给吴前程，并在邮件里说："这位网友，我发给你一张卫星影像地图，希望你协助拍摄一些突出标注处的那栋大楼的照片，并且告诉我们那栋大楼的名称以及你所了解的信息。"

6

吴前程打开自己的电子邮箱，看到艾迪斯发来的邮件，查阅了他们希望了解的地点方位，在东南方向，距离自己所在位置约有三四千米，他想：骑自行车去比较方便。于是，他走出家门，骑上自行车，沿着从地图上查阅的路线，很快便来到了目的地。

尽管在卫星影像地图上，吴前程没有能够判断出这个地方是做什么的，但来到实地，他顿时恍然大悟。这个地方他是知道的，不仅他知道，而且在周围居住和工作的人们都清楚这个地方是做什么的。

这是一个坐落在城区中的军事管理区，四周有公路包围，四面都有面向公路的大门。每个大门口都有持枪士兵站岗，都摆放着一个牌子，上写道：军事管理区。

为了保护重要的军事信息，各国都不会在公开地图上表示保密的军事目标。因此，T国军事地理信息处难以通过查阅各种公开地图或有关资料确定卫星影像地图上这个地点的名称和用途，于是他们就要求吴前程进行了解。

向境外网站提供该军事管理区的地理信息，吴前程内心斗争很激烈，他想：将军事要地的照片发给外国人，这是违法的，万一出事怎么办？还是别干了吧。但转念又一想：很多人都知道这个地方是干什么的，已经没有可保密的了，而且就发几张照片，还是发给商业性网站，不会出问题的。何况，还能得到一笔报酬呢。胆小发不了财。

一想到发财,吴前程毫不犹豫地掏出手机,准备拍照了。当他看到军事管理区大门口威严的卫兵时,又有点胆怯了,心里直打鼓。他推着自行车,找到一个距离卫兵较远、较为隐蔽的位置,从侧面偷偷地、快速地拍摄了几张照片,匆忙离去。

回到家里,吴前程在网站上找到这个地方的卫星影像,并下载下来,将自己刚刚拍摄的照片配上军事管理区的名称以及一些文字说明,连同下载的卫星影像一起打包成一个压缩文件,发到指定的邮箱里。

7

艾迪斯打开电子邮箱,看到吴前程按照他的要求发来的电子邮件,心里窃喜,因为向成功诱惑吴前程又前进了一步。他心想:现在我们可以让吴前程死心塌地为我们做事情了。他将邮箱里的邮件下载下来,交给专业人员进行处理,使其成为真正可以提供军方使用的地理信息。

艾迪斯将收到吴前程第二个电子邮件的情况向卡瑞做了报告,卡瑞也认为吴前程已经上钩了,可以将他"钓"上来了。

卡瑞对艾迪斯说:"这次多给这个姓吴的一些报酬,等他收到报酬之后,进一步派给他任务。他如果不干,就采取恐吓和威胁的方法逼他就范,告诉他前两次发来的邮件已经派上了大用场,他已经向我们泄露了 M 省重要军事目标的信息,而且也收取了报酬。如果不继续与我们合作,我们就向 M 省安保机关举报他的行为。如果继续合作,可以得到更多的报酬。"

艾迪斯得到卡瑞的指示后，将一笔可观的报酬汇到吴前程的银行账户上。汇完之后，艾迪斯再一次给吴前程发送电子邮件：邮件收到。干得很好，已将你应得的报酬汇至你的账户。

吴前程迅速打开网上银行，查阅自己的账户，确实有一笔进账，而且数额出乎预料。贪心又狡猾的吴前程很纳闷：拍几张照片就能换来这么多钱，这网站会不会有诈？想到这，他赶快回了一封邮件：报酬已经收到，没有想到会有这么多钱。

艾迪斯看到吴前程发来的邮件，也回复了邮件，说："这是你应得的，只要你继续好好干，报酬还会更高。有一个地方需要你去拍照，具体要求将在下一封邮件中。请你十分钟后查收新邮件。"

果然，十分钟后吴前程的电子信箱里收到了艾迪斯发来的新邮件，内容是三张卫星影像地图，分为三个比例尺。最小比例尺的那一张，是几乎整个 M 省的卫星影像地图，在城区以外不远的地方，用红色标出一个小圆点。中比例尺的那一张，是最小比例尺那一张上小红点周围的环境影像地图，包括周围的道路、建筑物、居民地、植被、水系等。而先前的小红点经过放大以后，已经看出来它的轮廓、内部构造，可以认定是一个飞机场。最大比例尺的那一张，是一张清晰的飞机场构造图，在影像上可以看见一排排的飞机，而且可以分辨出那些飞机不是民航客机，而是军用飞机。

艾迪斯发这三张卫星影像地图，各有各的用途。最小比例尺的地图是告诉吴前程下一个目标的位置，让他知道这个目标处在

M省的哪一面，距离有多远。中比例尺的地图是告诉他目标周围的环境，沿着哪些道路才能找到目标。最大比例尺的地图是告诉他要寻找的目标的属性。

在将这些地图打包放在电子邮箱里后，艾迪斯给吴前程写了一封电子邮件："感谢你之前所做的工作，现在有一个新的任务需要你去完成。请你仔细研究发去的三张卫星影像地图，比例尺最大的一张就是你这次要寻找的目标，我们判断是个军用机场。你的工作是了解清楚这个机场的名字、驻军部队代号，在中比例尺的卫星影像地图上准确标注军事单位和营区的坐标数据，拍摄出入军车，拍摄机场起降飞机。"

为了使吴前程更好地完成拍摄任务，艾迪斯还发来了一些帮助他快速、准确地收集军事信息的技术方法材料。他告知吴前程说："这些材料是培训教材，你需要认真地阅读，掌握之后再开始行动。"

看到艾迪斯发来的这些电子邮件，吴前程不寒而栗。对方这次的要求已经超出了一般意义上的填补地图信息不足的范畴，自己已经被境外的情报机构所利用，如果继续按照他们的指示去做，就是在从事间谍活动，随时都有坐牢的风险。

吴前程越想越害怕，他给艾迪斯发了一封电子邮件："这件工作不好做，风险很大，我干不来。"

艾迪斯看到吴前程的电子邮件，果然不出卡瑞所料。按照卡瑞之前给的指示，艾迪斯采取威胁、恐吓和诱惑的口吻对付吴前程。在邮件中，艾迪斯直呼其名："吴前程先生，先前你两次发给我们的图片及文字说明都涉及 M 省重要地理信息，并获得高额报酬，这已经构成间谍行为。事实上，这次要求你收集军用机场信息的报酬也已经支付给你了，不然为什么会给你那么多钱。如果你拒绝本次任务，我们会将你已经做过的事情向 M 省安保机关举报，你的行为已构成犯罪，你将被依法追究刑事责任。不仅如此，你已经了解了我们的一些情况，我们也绝不会放过你，如果惹怒我们的话，小心派人杀掉你。所以，你最好老老实实地将这个任务做好，完成会得到更可观的报酬。请你三思！"

看了艾迪斯的电子邮件，吴前程恍然大悟，方知他所得到的报酬，是境外情报机构付给自己从事间谍活动的。之所以第二次给了那么多钱，原来是提前付给自己收集军用机场信息的报酬。他意识到自己完全掉入他人的圈套，什么要填补网上地图信息不足，那些都是幌子，是给自己下的套，是引诱自己上钩的鱼饵。想到这些，他的心率加快，直冒冷汗，浑身发软。

过了好一会儿，吴前程定定神，深呼吸几下，思考着自己该如何是好。他想：如果不按照艾迪斯的要求去做，对自己没有什么好处；如果按照艾迪斯的要求去做，会有牢狱之灾！但……这活儿回报太可观了，不干的话太可惜了。我可以再干几次然后找个借口金盆洗手，应该不会有危险。现在冒些风险，就可以赚到一大笔钱。干！

金钱对于吴前程的诱惑力太大了，他决定按照艾迪斯的要求去收集军用机场的信息。

8

在艾迪斯的威逼利诱之下，吴前程降服了。他开始研究艾迪斯发的三张卫星影像地图、任务要求以及关于收集机构信息的技术方法的资料。吴前程先从比例尺最大的一张地图看起。这张图上清晰地展现了机场的全貌。在宽大的停机坪上，停放着几十架飞机。这些飞机头对头地排成两排，两排飞机中间有很宽的空地，飞机离开机位时，可以通过这块空地进入飞机滑行道。飞机滑行道位于停机坪和跑道之间。机场上的两条跑道清晰可见，各有三四千米长，笔直地伸向机场另一端。从卫星影像地图上，还可以看到指挥塔台、警戒雷达等重要设施。停机坪的另一侧是驻军部队所在地，有各种建筑物和构筑物，包括作战指挥设施、航空保障设施、后勤保障设施、部队营区等。在停车场停放着许多汽车，包括牵引车、消防车、加油车、人员运输车、武器运输车、维修装备运输车等。

吴前程再看中等比例尺的一张地图。尽管在这张图上已经无法辨识机场里的飞机，机场跑道也变成一条线，机场里的建筑物也变成很小的图斑，但这张图上清晰地展现出机场周边的地理信息。这个机场的一侧是山，机场处在山下的平原上，地形十分平坦、开阔。在机场附近有一些农田，不远处有一条河流。机场距离机场之外的建筑物和居民地较远，有一条机场专用的公路与机场之外的公路相连。

吴前程最后看最小比例尺的一张地图。在这张图上，整个机场已经变成一个点状图斑,但是却展现了机场位于M省的位置,以及从M省通向机场的道路情况。机场位于M省的西北方,吴前程用塑料尺子在图上量算一下,从自己家到机场的距离有八九千米。他想:这样的距离比较适合骑自行车前往。

吴前程仔细研究了艾迪斯交代的任务,他想:骑自行车先到实地去看一下,了解一下情况,拍几张照片发送给艾迪斯。

不过,吴前程对将要去收集军用机场的信息始终忐忑不安,犹豫了两天后,才走出家门,在楼下自行车棚子里打开自己那个半新半旧的自行车锁,骑上自行车,沿着从卫星影像地图上选择的路线向军用机场方向前行。

半个多小时之后,吴前程来到了军用机场附近。他听到天空有飞机的轰鸣声,抬头向天空望去,只见一架战机腾空而起,向高空中斜插上去。虽然他看不懂飞机的机型,更看不懂飞机的武器装备,但是从飞机的大小可以分辨出,这是一架军用飞机,而不是民用飞机。

吴前程骑着自行车,看见路旁不远的地方有一个小小的街心花园,花园中有一些树木和草地,有几条曲曲弯弯的小路穿插在树木和绿草之间,在较大的树下有几张长凳,还有供人打牌或下棋的小桌子。有几个人坐在凳子上,一边在树荫下乘凉,一边聊天。

想到自己来到这里的任务,吴前程想:正好在这里打听一下这个飞机场的情况。于是,他下了自行车,推着车来到街心花园,将自行车停好,装作乘凉坐下,嘴里自言自语地说:"好热呀,

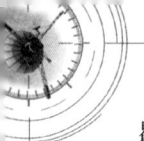

歇会儿，凉快凉快。"

居住在军用机场附近的人，对飞机频繁地起落早就习以为常。他们对于这些飞机的机型、形状、装备、编号，闲聊中难免会提及。

刚刚从军用机场起飞的这架飞机，恰好是平常很少见到的一种机型，引起小小街心花园里休闲乘凉的人们议论。恰好这时，吴前程来到这里。他坐在长凳上，仔细倾听者邻座两个人的议论。

甲："刚才起飞的这架飞机比较少见，以前我没看见过。"

乙："是呀，我也没有看见过，应当是一种新型战斗机。"

甲："有可能，你看没看见飞机腹部好像挂着两个像导弹似的东西。"

乙："是，可能就是导弹。"

甲："这架飞机真漂亮，长长的机身，从外面看驾驶舱，很像蜻蜓的眼睛。"

乙："这架飞机可能就是最近电视里报道过的新型战斗机。"

…………

甲乙两人议论的话题正是吴前程所关心的。他一直琢磨怎样启齿询问关于这军事机场的事情，听到两个人的议论，他内心窃喜，想：不用我费事就找到了切入点。

吴前程听了一会儿，凑过身去，搭上话茬，说："你们二位说得这么热闹，我听着也挺感兴趣。我也看到了刚才飞过去的飞机，机身上的图案、字符很清楚，这附近是不是有飞机场啊？"

甲听到吴前程搭话，将脸转向他，回答说："是呀，这个地方有个机场。"

吴前程又问道:"这是个什么机场啊?起飞的飞机不像是客机。"

乙搭话道:"这是个军用机场,叫作北郊机场。"

吴前程趁机继续问:"这里应当住着空军部队吧?"

甲说:"据说是空军机场,驻扎部队好像是667788部队。"

吴前程追问道:"这个部队是什么级别?"

乙说:"听说是一个正师级的部队。"

说者无心,听者有意。当地人每天生活在这里,久而久之总会知道一些事情。对于他们来说,所见到、所听到的,已经不那么神秘,言谈话语当中都有可能涉及这个军用机场的一些信息,不过只是在这个小小的街心花园传播,传播的范围很小,也不会有人故意向境外情报机构传播。但是,今天不一样了,吴前程就是来探听这些消息的,而且是为境外情报机构来探听的。

吴前程暗喜,心想:踏破铁鞋无觅处,得来全不费工夫。几句话就已经了解到想要的信息。

正在他们谈论的时候,"嗡嗡"的轰鸣声再次响起,又一架飞机从机场起飞,飞向高空,飞向远方。吴前程站起身来,仰望天上的飞机,目送飞机远去。然后与甲乙二人告别,骑上自行车,向机场方向骑去。他想进一步接近机场,仔细观察一下。

沿着机场边上的道路骑下去,吴前程见到了驻军部队的营区。他躲到一个比较隐蔽的位置,用手机偷偷地给营区拍摄了照片。

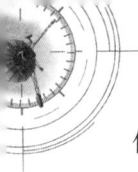

他认为，今天的初探目标已经达到，可以返回了。

回到家里，吴前程赶快整理拍摄北郊机场的照片和文字说明。一方面，他告诉艾迪斯这是一个军用机场，机场的名称是北郊机场，隶属于空军，是一个师的编制，部队代号是667788部队。另一方面，他对消息的来源做了简要说明。最后，他把所拍摄的部队营区照片打包，加密之后发到艾迪斯的电子邮箱里。

9

自从给吴前程发送三张卫星影像地图，要求他了解图上标示的军用机场情况，而且对想打退堂鼓的吴前程进行威胁恐吓以后，艾迪斯一直在等吴前程回复消息。

艾迪斯每天打开电子邮箱，查看是否有吴前程发来的邮件。两天过去了，艾迪斯没有收到吴前程发来的任何消息。但他不着急，非常自信地认为他对吴前程进行的威胁和利诱是一定会见效。

第三天，艾迪斯再打开电子邮箱时，看到了吴前程发来的机场名称、驻军部队以及现场照片等重要信息。他得意地笑了，再仔细阅读吴前程发来的邮件，感到很满意。

于是他马上给吴前程提出新的要求："事情做得非常好。接下来请你用精度较高的手持卫星定位仪测量一些机场周边的坐标点。为确保安全，测量这些坐标点可以离开机场一段距离，但也不要太远，可以在离机场五百米范围之内。这个范围，也就是我们已经提供给你的那张最大比例尺卫星影像地图所允许的范围。

具体测量方法在这个邮件的附件内，你认真学习研究，按照其中的要求去做。"

见到艾迪斯回复的邮件，吴前程有些茫然，因为他还没有见过手持卫星定位仪，更不会使用这种仪器。他想：首先我必须拿到这种仪器，才可能学会使用它。到哪里去找这种仪器呢？他只好向艾迪斯求助。他给艾迪斯回复邮件，说："你说的这种仪器，我没有见过，到哪里能搞到这种仪器？"

艾迪斯早就猜到吴前程没有这种仪器，不过他要等吴前程自己提出来。见到吴前程向他提出请求后，艾迪斯回复说："你在互联网上搜索一下，就可以查到有关内容，也可以查到销售这种仪器的供应商。然后，你到供应商那里去买一台，要买那种带有照相功能的。购置仪器的经费，我会尽快打进你的账户。"

按照艾迪斯的指示，吴前程很快在互联网上选择了一款带有照相功能的手持卫星定位仪器，并查到供应商。在收到艾迪斯的汇款之后，他迅速购买了一台仪器，按照使用说明书学会了使用的方法，再按照艾迪斯提供的掌握了点位坐标测量方法。

一切准备工作就绪后，吴前程开始在军用机场周围选点测量点位坐标。他依然骑上自行车，按照艾迪斯的吩咐，不敢太接近北郊机场，因为军用机场不允许进行测量和拍照，一旦被发现就可能被警方处理。他沿着距离机场四五百米的周边行走，能走大路走大路，没有大路走小路，没有小路走田间道。大约每隔一千米，他要么在附近寻找艾迪斯提供的最大比例尺卫星影像地图上有相

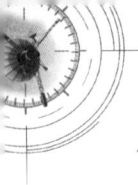

应影像的建筑物或者构筑物，要么在十字路口选择可以辨认的位置，用卫星定位仪器进行坐标测量，并对周围环境进行拍摄。

吴前程走走停停，在军用机场周边大约骑行十几千米，测量了十几个点位的坐标数据。这十几个点位坐标数据，对军用机场形成了一个坐标控制网，由此可以精确地推算出军用机场内部任何一个设施的精确位置坐标。

做完这些事情之后，吴前程回到家里，将测量得到的坐标数据以及拍摄的点位周边环境照片，压缩加密之后发到艾迪斯的电子邮箱里。

— 10 —

收到电子邮件，艾迪斯再次给吴前程下达新的任务，他在电子邮件里说："我们已经掌握了这个机场的位置和其他一些静态信息，现在需要进一步了解机场的动态信息。比如拍摄出入机场的军车，拍摄机场起降的飞机。需要你在机场附近进行继续蹲守，至少要一周时间。"

按照艾迪斯的要求，吴前程每天骑着自行车来到军用机场附近。他经常走走停停，在能够观察到军车出入且比较隐蔽地方停下来。当听到飞机起飞时发出的"嗡嗡"叫时，他就向天空望去，用数码照相机抓拍刚刚起飞的飞机。当没有飞机起飞时，他就观察出入飞机场的汽车，用照相机进行拍照。他每天拍摄上百张照片，回到家后进行压缩加密，再通过电子邮箱发给艾迪斯。

北郊机场边上有一条非常安静的柏油马路,机场管理处一位刚刚退休不久的干部,每天沿着这条路的人行道步行来锻炼身体。吴前程连续几天在军用机场附近游荡,引起了他的怀疑。他悄悄地跟踪吴前程,发现吴前程对所有刚刚起飞的飞机都要进行拍照,对所有出入机场的汽车也都要进行拍照。他想:这个人的举动很奇怪,会不会是传说中的间谍?

想到这里,这位警惕性很高的退休干部掏出手机,向M省安保局进行举报。

接电话的正是燕青。听到电话铃声,他拿起电话,说:"喂,这里是M省安保局,你有什么事情?"

退休干部说:"我向你们举报一个情况。"燕青听到是一个举报电话,迅速按下电话录音键,准备将通话内容录下来。然后,他对着话筒说:"举报什么情况,你说吧。"

退休干部说:"最近连着几天,我在北郊机场附近都看见一个男人骑着自行车,在机场附近转悠。他手里还拿着相机,对进出机场的飞机和汽车进行拍照。我觉得这个人的行为很值得怀疑,特此向你们举报这个情况。"

听了举报者所说的情况,燕青立刻警觉起来,意识到这个人有可能是收集军用情报的,他问举报者:"现在这个人还在机场附近吗?"

退休干部说:"还在。"

燕青说:"我们马上过去,请告诉我你在机场附近哪个位置,

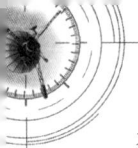
并请在那里等我们一会儿。"

退休干部向燕青描述了吴前程偷拍飞机的位置,并说:"我在附近等着你们。"

燕青说:"好的,谢谢,一会儿见。"

11

接完举报电话,燕青立刻向关胜局长报告情况。关胜指示武永智、燕青二人立即驱车到现场了解情况,进行妥善处置。

武永智、燕青迅速赶到军用机场附近,找到举报情况的退休干部。

退休干部将正在不远处蹲守的吴前程指给武永智、燕青看,武永智、燕青对退休干部说:"谢谢你,这儿就交给我们吧。"

举报者走后,武永智和燕青开始跟踪观察吴前程的行动。他们发现,每当飞机从机场起飞或者降落机场时,吴前程就举起相机连续地对飞机进行拍照。这些飞机都是各种型号的军用飞机,有战斗机、运输机、直升机、加油机等。飞机的频繁起飞,说明飞机正在执行战备训练任务。这些飞机很显然已经全部被吴前程拍摄。

为了固定证据,他们对吴前程所进行的活动进行了跟踪录像。

从所掌握的情况看,已证明吴前程正在从事违法活动,应将其带回安保局做进一步调查询问。

于是,二人走到吴前程面前,武永智掏出执法证件,对他说:

"你涉嫌从事违法活动,现依法对你进行查问。"

见到两位威严的警察站在自己面前,吴前程已经吓得脸色苍白,但故作镇定。他说:"我怎么违法了?"

听到吴前程抵赖的话,燕青义正词严地说:"你擅自进行军事禁区及军事活动的拍摄,窃取秘密,这就是违法行为,将你的照相机交出来。"

吴前程很不情愿地将数码照相机交到燕青手里。燕青、武永智浏览了一遍照相机储存的照片,有两百多张,每一张照片都可以认定为国家秘密。

武永智对吴前程说:"你涉嫌窃取国家秘密,请跟我们走一趟。"说完,二人将吴前程带回M省安保局进行审问和深入调查。

抱有一丝侥幸心理的吴前程百般抵赖,拒不承认他的行为已经构成窃取秘密。于是,武永智、燕青对吴前程家进行搜查,在他电脑里查到加密软件和大量涉及军事信息的照片和文字,并发现他账户上有从境外汇入的汇款。面对铁证,吴前程不得不低下了头,老实交代问题。武永智指着电脑里的邮件说:"这个文件夹是不是被压缩加密了?"

吴前程:"是。"

武永智:"为什么要压缩加密?"

吴前程:"境外人员叫我这么做的。"

武永智:"密码是多少?"

吴前程:"梅花九。"

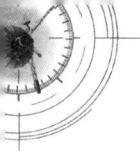

武永智:"所有文件的密码都是梅花九吗?"

吴前程:"是。"

文件加密,隐蔽发送,这是很专业的情报获取与传输手段。武永智郑重地告诫吴前程,说:"尽管境外机构层层设防,步步加密,最终也不能逃过我们的监控。"

法网恢恢,疏而不漏。吴前程所进行的窃取国家秘密地理信息,并向境外提供的行为最终受到了法律的制裁。

第八章
猎点与反猎点都将继续

1

莱克和卡瑞策划的猎点行动一次又一次地遭到重挫，但是他们还是千方百计地要进行下去。对于莱克来说，收集他国重要目标地理信息是不可推卸的责任，他必须要完成猎点行动。他不断策划新的阴谋，采用其他更加隐蔽的方法来实施猎点行动。

莱克、卡瑞再一次召集军事地理信息处的几个成员开会，一起研究如何更加有效地获取他国重要目标的地理信息。

莱克说："今天将各位召集在一起，是要研究一下有哪些可以利用的手段，能让我们更加快速、隐蔽地获取他国重要目标地理信息和建立坐标控制网，完成猎点行动。"

卡瑞说："我觉得移动互联网可以为我们提供便利，且手段更隐蔽，不易被发现。在全世界，手机成为人人离不开的通信工具。绝大多数的手机都具备卫星定位功能，只要接连互联网，就能随

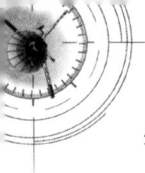

处显示手机所在位置的地理坐标，有些手机的定位精度更达到厘米级。加上手机的照相、文字处理等功能，位置坐标、现场图像、文字记录可以随时通过互联网传输到世界任何一个角落。这是我们可以利用的形式。"

里尔说："是的，我们可以利用移动互联网。另外，我们也可以利用一些带有地理信息采集功能的工程机械。为了便于企业监控设备运营状况、提高管理水平、保障服务能力，一些工程机械具有卫星定位功能。卫星定位作为标准配置安装在工程机械上，大量采集获取地理信息，并利用其内置的设备系统实时或离线传输到境外的控制中心。当多台卫星定位设备联网时，定位精度可以达到厘米级。这些工程机械在一些重大战略工程施工中使用，在这种隐形的测量手段支持下，可极为容易地发现和掌握重要目标地理信息。例如，有的挖掘机在作业过程中会自动采集出现的位置信息和工况信息，传送到监控平台进行监管，而监控平台的服务器设在我国的生产商所在地。这也是我们可以考虑利用的领域。"

艾迪斯接着里尔的发言说："在销售和物流领域，我们的一些企业在国外成立了独资或合资公司。我们可以以管理物流、考核业务、分析营业网点布局等为掩护，向这些公司的业务员派发地理信息采集的手持设备，定期收集地理信息。"

玛丽接过艾迪斯的话题说："互联网是地理信息最重要、最便捷的传输渠道，它可以将海量数据迅速地传输到世界各地。当前，互联网上有各种地理信息系统、导航电子地图、街景地图，有形式多样的互联网地图服务,需要采集、处理、存储、应用大量高精度的地理信息。采集这些地理信息的力量包括许多企业或者个人,我们要想办法对这些海量的地理信息下手,获得这些数据并进行加工处理,一定会有很大收获。"

在玛丽的启发下,卡瑞又有新的思考。他说:"有些网民喜欢上网求职、交友,喜欢交流信息,很可能会在不知不觉中被我们利用、拉拢和诱惑,帮助我们收集重要地理信息。我们可以用商业调查公司、咨询公司、军事杂志社之名做掩护,以利益诱骗那些缺乏安全观念或者法律意识淡薄的网民。"

莱克听了上述发言之后说:"各位说得都很好,各种可以用来获取他国重要目标地理信息的渠道我们都不要放过。我补充一个可以研究利用的渠道。我国有一些企业到国外通过合资合作或者股权并购的方式涉足地理信息领域,有些企业实际上已经被我国的企业所控制,我们也可考虑从这些企业获取地理信息。总之,从现在开始,我们立即组织研究怎样利用各位所说的手段,要千方百计为猎点行动寻找突破点。通过这些渠道和手段,我们不仅可以获取重要目标点位的具体坐标以及其他地理信息,还可以通过这些海量数据建立他国的测量控制网,这样就能随时校正卫星影像地图上任何目标点位的精确坐标,为远程精准打击武器提供支持。"

2

丁得胜、关胜对于现代科学技术发展了如指掌,他们深知,现代科学技术在地理信息领域得到广泛应用,大众地理信息时代已经到来。窃取重要目标地理信息的行为呈现出方法多样、手段隐蔽、技术智能、危害扩大等新特点,给监管带来前所未有的困难。

面对地理信息安全,丁得胜和关胜二人都深感责任重大,一个是地理信息管理局局长,担负着维护国家地理信息安全的重任;一个是安保局局长,担负着打击窃取秘密地理信息违法犯罪行为的重任。无论多大挑战,他们都必须接受挑战,迎难而上。他们组织召开M省地理信息管理局、安保局的联席会议,研究如何应对这些挑战。

丁得胜主持会议,并首先发言。他说:"在现代技术条件下,境外机构非法获取涉及秘密的地理信息呈现出行为隐蔽、技术先进、数据海量、传输便捷、危害扩大的态势,给案件查处带来前所未有的挑战。问题十分严重,但我们必须找到破解之策。"

关胜说:"互联网和卫星定位技术的应用体现了巨大的技术进步,日益多发的地理信息采集活动反映了社会对地理信息的巨大需求。然而,这也给安全造成了不可忽视的隐患。境外情报机构和各种敌对势力加紧对我国核心领域、要害部位和重点目标的窃密以及渗透活动,一刻也没停止过。在现代技术发展的情况下,我们必须采取有效措施,加紧防范重要涉密地理信息外泄。大家谈一谈具体应当如何进行防范。"

听了两位领导的提示,严力说:"我谈一点意见。现在是人人都可以利用手中的手机或者手持卫星接收机获取和传输地理信息的时代,加强涉密地理信息保密的很重要的方法就是宣传群众、发动群众。宣传群众,就是要让广大群众树立安全保密的意识,主动守法、护法,自觉地维护国家地理信息安全。发动群众,就是鼓励社会公众参与监督,建立违法违规举报制度和市场监管信息反馈制度,在全社会形成人人关心和参与维护国家地理信息安全的氛围,形成反窃取涉密地理信息网,及时发现违法获取和传输涉密地理信息的行为,及时举报,及时制止,及时处理。"

武永智紧接着说:"在宣传群众、发动群众的同时,必须进一步加强监督管理,堵住各种可能出现的漏洞,防止重要涉密地理信息外泄。如果境外机构利用互联网和各种高科技手段,从多种渠道窃取重要目标的地理信息,那么,仅仅由地理信息管理局、安保机关实施监管和查处案件是远远不够的,必须依靠各有关方面合力监管,依靠全社会自觉抵制非法采集和传输地理信息。"

张冲说:"为了有效地阻止境外机构非法获取地理信息,必须采取综合治理的方法,所涉及的方方面面必须齐抓共管,各个环节都把好关。卫星定位设备研发和生产监管机构应大力扶持拥有自主知识产权的卫星导航定位系统。进口卫星定位设备的监管机构要确保卫星定位设备符合有关要求。工程机械使用监管的机构要对带有卫星定位设备的工程机械使用加强监管。反窃密的机构要及时查处涉外涉密地理信息案件。市场经营监管的机构要对经营地理信息加强监管。测绘地理信息监管的机构要加强地理信息采集、处理、存储、提供使用的监管。互联网监管的机构要遏制互联网上非法登载、传输涉密地理信息。保密监管的机构要及时查办和处理失密泄密事件。涉及军事或秘密单位要采取防范被

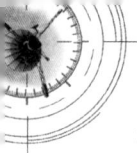

采集地理信息的措施。"

李洁说："我从技术防范角度谈一点看法。可以在需要进行地理信息保密的重要设施周边，设置信号干扰器，防止人为恶意采集地理信息数据。如果技术上能实现，最好架设卫星定位信号探测器，以便随时捕捉来自非法途径的测量信号，及时发现并查处。"

燕青也发言："从信息传播途径入手，加强互联网和通信网络监管，规范上传地理信息的行为。加强对互联网的监督检查，最大限度地减少互联网上传输涉密地理信息。"

楚玉明说："要改进和完善保密技术措施，做好涉密地理信息的安全保密工作。如要求从事地理信息采集、处理、保存、提供者，所用计算机等设备必须与互联网物理隔离。加强涉密地理信息的保密检查，对玩忽职守、泄露国家重要涉密地理信息的单位或个人，要严肃处理，要加大打击力度。"

所有与会者都积极发言，建言献策。

— 3 —

莱克、卡瑞为了实施猎点行动召开会议策划新的阴谋，丁得胜、关胜召开会议研究制止猎点行动的对策。从这两个会议不难看出，国家地理信息安全面临的形势十分严峻，维护国家地理信息安全的任务十分艰巨和复杂。

现代战争是信息化条件下的战争，导弹是打击目标的主要武器，但导弹离不开地理信息的支持。利用导弹实施精准打击，摧毁一个国家核心部位，让它瘫痪，从而实现战争的目标。如果发动以屠杀平民为目的的战争，只需要若干个核弹就够了，那将毁灭整个世界！

在这个不太平的世界里，猎点行动永远不会停止，采取强有力的措施保护国家重要目标的地理信息极为重要，切不可轻视。

一切爱国的人，都要增强国家地理信息安全意识，学习有关法律，主动防范涉密地理信息失泄密事件的发生。

每一个人都有义务维护国家地理信息安全，一旦发现涉嫌地理信息失泄密和外国人非法测绘，都应及时地举报，协助制止地理信息窃密行为。

每一个人都应当正确使用互联网地图，不要在互联网地图上随意上传、标注军事及重要基础设施等可能涉及安全的敏感信息，确保国家涉密地理信息安全。

尽管猎点行动永远不会停止，但只要各监管机构通力合作，社会大众全力配合，有力地反击猎点行动，必然会有效地维护国家地理信息安全，捍卫国家安全。

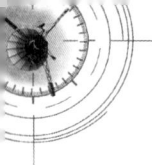

后 记

这本书意在让社会大众了解地理信息安全的重要性,传播地理信息安全的有关知识和法律常识,唤起人们对维护地理信息安全的责任意识,以求人人都能自觉地维护地理信息安全,这就是写作《猎点行动》的初衷。

《猎点行动》是一部文学作品,采用了小说惯用的虚构和夸张的表现方法,同时兼顾合法以及保守国家秘密。作品中描写了若干个事件,故事中的国家、机构、地点、人物、事件、情节等皆为虚构。

这部作品主题是维护国家地理信息安全,作者并未刻意地设计很多曲折离奇和悬念迭起的故事情节。作者水平有限,不足之处欢迎广大读者提出批评。

2017 年 4 月